Hans-Georg Behr

Fast ein Nomade

Paul Zsolnay Verlag

1 2 3 4 5 13 12 11 10 09

ISBN 978-3-552-05392-2

Satz: Eva Kaltenbrunner-Dorfinger, Wien
Druck und Bindung: GGP Media GmbH, Pößneck
Printed in Germany

Fast ein Nomade

I

Wahrscheinlich war es seine ausgeprägteste Eigenart, immer davon fortzuwollen, wo er gerade war. Das galt in seinem Land als üble Eigenschaft, da man dort patriotisch und phäakisch glücklich sein musste und vor allem stolz darauf, dort zu sein. Er aber hielt das für natürlich und normal, sobald er auch nur lose an einen Ort gebunden war, egal, ob diese Bindung angenehm oder unangenehm war. Natürlich gab es als grundlegendes Sehfutter Leute, die sich erst gebunden wohl fühlten oder sich nach Bindungen sehnten, vermutlich, um nicht davonzufliegen, darwinistische Herdentiere, zusätzlich beschäftigt mit der Erfindung von Regeln, wie alles sein solle, damit man der Natur die Krone aufquetschen könne. Die verachtete er, denn er war noch sehr jung und fand derlei kindisch. Selbst kleinste Rudel waren ihm suspekt. Er hatte ja die immergleiche Geschichte schon oft genug gesehen, wie zwei sich begegneten, miteinander gingen, so lange, bis sie in die Kirche gehen mussten und/oder zum Standesamt, das war damals noch strittig, und er hatte gesehen, was aus ihnen dann wurde, weshalb er sich vornahm, nie in diese Falle zu tappen. Wie langweilig und sesshaft waren diese eben noch Wilden geworden! Und wie sie mit ihren Kindern herumkasperlten, genau so, wie man und sicherlich auch sie es schon als Kind nie leiden konnten. Es war ein Urschock des Nichtlernens und Nichtbegreifens, von dem alte Leute sagten, es sei der ewige Kreislauf des Lebens. Das sollte ihm nie widerfahren, nie, und er achtete misstrauisch auf eventuelle Obstaculi in sich selbst. Er hatte sich feierlich vorgenommen, immer frei und unabhängig zu sein, schlank und reichlich bedürfnislos zu bleiben, natürlich auch schnell, beweglich und vorsichtig, ein nicht zu gefährliches Raubtier in freier Steppe, und war also samt dem üblichen granum salis ein ganz gewöhnlicher Jugendlicher, was er ganz anders sah.

Er hatte Glück gehabt und dachte daher, auch in Zukunft darauf Anspruch zu haben. Es war alles gut gegangen, natürlich erst nach fürchterlichen Verwicklungen, die in Wien Wickel hießen, und wie das Wort andeutete, konnte man sie ja auch leichter nehmen, als sich das gehörte. Er war sein Leben lang gewohnt, ihnen möglichst zu entgehen, und wenn das nicht ging, sich zu ducken wie ein Hase in der Ackerfurche, wenn die Jagdzeit kommt. Als er das einmal gesagt hatte, war er ausgelacht worden, doch er hatte selbst gesehen, als er noch Kind war: Die Jäger hatten mit großem Getöse auf alles geschossen, was sich bewegte. Als sie dann die Gewehre wieder geschultert hatten, sprang etwa zwanzig Meter vor ihnen ein Hase auf und rannte so schnell davon, dass ihm auch die Hunde nur nachgucken konnten. »Der ist gescheit«, sagte ein Jäger, »der soll davonkommen.«

Nicht immer klappte das, und das war dann zum Verzweifeln, denn über dieses Ziel hinaus dachte er nie. Er nahm sich das zwar immer vor, wenn er gerade wieder an seiner gedanklichen Kurzsichtigkeit litt; sobald die Sache aber gut ausging, vergaß er das sehr schnell und dankte der Glücksgöttin, die so wunderbar über einem waltete, mit einem innigen: »Das ist ja gerade noch gut gegangen.«

Begonnen hatte dieses Leben mit einem schon lange durchdachten, sorgfältig zurechtgeschliffenen Plan. Dessen Anlass war so scheußlich und finster, dass er sich vorgenommen hatte, nie darüber zu reden, und das helle Ziel war, Künstler zu werden, da man gehört hatte, ein anderer Vierzehnjähriger sei auch Künstler geworden. Mit dem vor Augen lebte er ziemlich lange, und am Nachmittag seines vierzehnten Geburtstags verließ er unter ihm später lächerlich erscheinenden Umständen die verhasste Klosterschule. Gleich unterhalb ihres Felsens führte die Bundesstraße nach Wien. Dort stand er unendlich lange an der Tankstelle, die in Erwartung besserer Zeiten Baustelle eines Rasthauses war, und fürchtete irgendwelche Häscher. Nach nicht ganz zehn Minuten, das bestätigten seine und die elektrische Uhr der Tankstelle, nahm ihn ein Lastwagen mit, der irgendwas auf den Wiener Naschmarkt liefern musste. Die Kontrollen der Identitätskarten waren damals schon lasch, wahrscheinlich hielten die Vertreter der Besatzungsmächte den Jungen für den Sohn des Fahrers, und man sagte auch nichts, weil man in der Schule immer »Stottertrottel« geheißen hatte. Gleich um die Ecke des Naschmarkts war die Akademie der bildenden Künste, das wusste er, stapfte die Treppe zwischen den einschüchternden Flügelrössern hoch – dass sie Pegasus hießen, wusste er schon lange, doch πεγασοι wagte er nicht zu denken –, und dann war alles aus.

Er kannte die Halle, hatte schon in sie hineingeschaut, als er einmal, schon mit seinen Plänen, in Wien war, doch nun war sie ganz anders, nicht für ihn gebaut, eine Geisterbahn ohne erkennbare Gespenster, also wirklich unheimlich. Er setzte sich auf die Basis einer Säule, klammerte sich an die Reisetasche auf seinen Knien und harrte der Zukunft. Viele schon sehr viel ältere Jungen und einige Mädchen gingen an ihm vorbei, und als der Portier, von dem man wusste, dass er Pedell hieß, schon ziemlich oft aus seinem Eichengehäuse nach einem guckte, setzte man sich so, dass man ihn nicht sehen konnte. Das war alles, einen fürchterlichen Spätnachmittag lang, und man starrte in ein Nichts. Das Schlimmste war: Man konnte nicht mehr zurück. Nicht nach Hause, denn Mutter würde einen wieder in die Klosterschule schicken, doch die würde einen nicht mehr nehmen. Man war am Ende und machte sich bittere Vorwürfe, dass man nicht weiter gedacht hatte. Zum Heulen war ihm nicht, und das nicht, weil man es ihm aberzogen hatte, sondern weil da nur ein unendliches Grau war, eben ein Nichts, und das verschlang nicht nur das eigene Denken, sondern allmählich auch, was drumherum war.

Er erschrak über den Studenten, den er, schon halbdösig, nicht gesehen hatte, und der mit einem sprach. Ob er jemanden suche, ob er etwas für einen tun könne, denn die Akademie würde bald schließen. Er sah so wild aus, wie man sich Künstler schon immer vorgestellt hatte, weshalb man auch versuchte, ihm alles zu erklären, und er gab einem ein belegtes Brot, das ihm die Mutter am Morgen mitgegeben hatte. Das war gut, denn man hatte sich zwar auch zwei Brote mitgenommen, doch die waren schon gegessen. Während man das Schmalzbrot mit Knackwurst aß, ging der junge Künstler zum Eichenglaskasten und sprach mit dem Pedell. Der kam dann heraus, sperrte seinen Kasten bedeutend ab und kam her, während der Künstler immer noch mit ihm redete. Er sah einen lange an, und nachdem er fünf Schilling genommen hatte, sagte er »Na ja, na ja«, und dann ging man über lange Flure und eine Treppe in den Keller. Dort war neben dem Heizungskeller ein kleiner Raum mit einer Pritsche, und der Pedell sagte, das müsse reichen. Er zeigte den Lichtschalter und sagte, wenn man müsse, solle man es bald, denn in der Nacht sei alles versperrt. Der Künstler sagte, er werde noch einige Matratzen holen, und dann war man alleine. Durch das Fenster sah man den frühen Maiabend, doch das Glas war schmutzig, undurchsichtig, und vergittert war es auch. Überall war alter Staub wie auf einem Dachboden, obwohl der Keller Souterrain hieß. Dann kam der Künstler wieder mit ein paar Matratzen und Decken. Die habe er aus der Bildhauerklasse geholt, sagte er, und eine Taschenlampe hatte man auch dabei. Sie war ein so genanntes Schnauferl mit einem Hebel, den man immer drücken musste, um Licht zu bekommen, und das war so, wie man drückte, also wenig und flackernd. Dafür brauchte man keine Batterie, und das war gut. Das Wichtigste aber war der Schlüssel. Er steckte eine Tür weiter, und damit konnte man nicht nur seine Tür absperren, sondern auch andere auf, und damit kam man zu einem Einfahrtstor, das man öffnen konnte, wenn man den Fußriegel hoch und dann vorsichtig am Tor zog. Das erzählte einem der Künstler. Natürlich wusste man, dass man da sehr aufpassen müsse, und den Schlüssel solle man einstecken, damit ihn der Pedell nicht wegnehmen könne. Dann sagte der Künstler, er komme morgen früh wieder, und dasselbe sagte auch der Pedell, der schon um sieben kommen wollte und sich wunderte, dass der Schlüssel nicht dort steckte, wo er stecken sollte.

Als es dämmerte, horchte er lange, bis er nichts mehr hörte. Er bemühte sich, leise zu sein, und erschrak ziemlich, als das große Tor fürchterlich knarrte. Noch einmal erschrak er in dem kleinen Park um das Schillerdenkmal über seltsame Geräusche, die aus einem Gebüsch kamen. Vorsichtig schlich er näher und leuchtete mit dem Schnauferl in die Zweige, doch da hörte er eine zischende Frauenstimme – »vakumm«, und das hieß, er solle verschwinden. Am Ring sah er rechts gegenüber die Lichter des Operncafés. Vorsichtig schlich er auf der anderen Straßenseite näher und versteckte sich hinter einer ramponierten Litfasssäule. Er glaubte, hinter einem Fenster den Schatten von Tante Anny zu sehen, und er wusste, dass er sie nicht wiedersehen durfte, da sie ihn sicherlich der Mutter denunzieren würde. Eigentlich war das schade, denn sie war seine Lieblingstante, doch er hatte sich für ein anderes Leben entschieden. Dazwischen gab es keine Brücken mehr, zumindest bis er ein wirklicher Künstler geworden sei. Das war zwar nicht erfreulich, doch nicht zu ändern. Eigentlich war schade drum, und die Zukunft war sicherlich sehr schwer. Doch man hatte den entscheidenden Schritt getan und musste jetzt konsequent bleiben. Vorsichtig ging der Junge zur Akademie zurück. In zweien der Gebüsche waren jetzt Stimmen, ganz leise, und man ging schnell vorbei. Glücklicherweise hatte sich niemand am Tor zu schaffen gemacht, doch es knarrte wieder fürchterlich, und der Junge brauchte lange, bis er es so geschlossen hatte, dass man den Riegel in die Fußbodenraste treten konnte. Dann schlich er an seinen Platz und schlief ziemlich schnell ein.

Wenige Tage später war schon wieder alles anders. Dabei hatte er schon am Tag nach seiner Ankunft Arbeit gefunden, durch seinen neuen Künstlerfreund. Wenn nämlich im Aktsaal die Modelle saßen, wurden gern ihre Kleider aus dem Umkleideraum gestohlen, und da sollte er drauf aufpassen, für fünf Schilling am Tag. Das war nicht sehr viel, aber er hatte sich vorgenommen, damit auszukommen, und falls die Diebe kämen, mit ihnen zu kämpfen oder zumindest so laut wie nur möglich zu schreien. Es kamen aber keine, und nach zwei Tagen fing die Arbeit gerade an, langweilig zu werden, als die Gangtür aufging und etliche Leute mit einem älteren Mann in der Mitte hereinkamen. Zu dem sagten sie Magnifizenz, aber er sagte zum Jungen: »Wo kommen denn Sie her?«

Man war noch nie gesiezt worden, und es war sehr ungemütlich, als man einige Korridore und Treppen später in seinem Büro saß, das Rektorat hieß und ein riesiges, schon sehr benutztes Ledersofa hatte, und Magnifizenz saßen auf einem Klavierhocker davor. Man brachte kein Wort heraus, bis sich Magnifizenz auf das andere Ende des Sofas setzten. Er war sehr viel jünger als der Großvater, hatte aber eine ähnliche Art zu reden, sagte auch nicht, dass man stottere, und allmählich konnte man ihm alles sagen. Dann sah er den Jungen lange an, runzelte die Stirn, seufzte und sagte: »Es ist doch alles immer dasselbe. Wir alle wolle gerne auf diese Gesellschaft scheißen. Nur … von unten geht's schlecht.«

Er meinte, man solle weiter auf ein Gymnasium gehen, er kenne eines, das ganz passabel sei, und er würde versuchen, was man da machen könne, und dann redete er mit der Sekretärin, es gebe da ein unbenutztes Sekretariat, in das man ein Feldbett stellen könne, und dass die Akademie um halb neun am Abend zugesperrt werde und nur einige Professoren einen Schlüssel hätten, weil sie ja auch einmal arbeiten sollten, und dass man aufpassen solle, weil ihn der Pedell ja auch gleich gemeldet hätte. Das ginge schließlich niemanden etwas an, nur den Jungen und ihn, und es sei ja kompliziert genug, Rektor eines Flohsacks zu sein. Er selbst sei als Junge übrigens auch in dieser Klosterschule gewesen, aber man habe ihn schon sehr bald hinausgeschmissen, und er sei heute noch froh darüber.

Daran dachte man noch, als man in seinem neuen Zimmer war, eigentlich einem Kabinett mit Tisch und Stühlen, einem kleinen alten Schreibtisch und einem Feldbett, das gar nicht dazu passte, und zwei Türen weiter war ein Waschraum mit Klo. Es war eigentlich ganz komfortabel, aber man wusste nicht, was mit einem werde, und hoffte auf ein Wunder. Man ahnte natürlich in den nächsten Tagen, dass etwas vorging, konnte sich aber nicht vorstellen, was, und wollte auch lieber nicht fragen. Dann kamen Magnifizenz wieder in den Vorraum des Aktsaals, und man ging mit ihm auf die Lastenstraße, in die Linie Zwei, da man etwas Revolutionäres vorhatte, und das ging nicht mit der Einser. Die Einserlinie war nämlich etwas stadteinwärts am Ring, und wenn sie auf die Zweierlinie umgeleitet wurde, solle in Wien Revolution gewesen sein, wie Magnifizenz scherzten, und die Haltestelle war bei der Secession. Von dort ging es über drei Stationen zu einem neugotischen Kasten, der Schule. Unbehaglich war einem schon, aber man konnte sich auch schlecht vorstellen, dass einen Magnifizenz hereinlegen würden, und dann war man schon oben im Büro des Direktors. Der fragte, ob der Junge ein schwarzes Schaf sei. Magnifizenz sagten: »Graumeliert sind wir doch alle.« Dann wurde man aus dem Raum geschickt und war aufgenommen. Am Montag war wieder Schule, doch die Lehrer waren keine Patres, und das merkte man bald. Man musste nicht beten, und sie hatten auch kein Internat, in dem sie einen bescheißen konnten; Fleischhauerkinder gab es auch kaum, und die Lehrer verspotteten einen nicht, weil man schwer sprach, sondern sagten sogar den anderen Schülern, dass so etwas unfair sei, denn sie konnten Englisch. Auf Wienerisch hieß das »kein G'hörtsich«, aber man musste ebenso viel G'hörtsich lernen wie sie, und fair klang so, als müsse man es stets erfinden, war also interessanter. So ließ sich leben.

Nun ja: leben. Man musste sich ja auch sein Geld verdienen, das hatten Magnifizenz so gesagt, und da es in der Akademie einen Buchbinder gab, kam man zu ihm am Nachmittag in die Lehre. Er war alt und gemütlich, wenn man alles dorthin legte, wohin es gehörte, und dafür gab es monatlich zweihundertfünfzig Schilling, was gerade so hinkam, da man in der Mensa essen konnte, wo es zwar nur Fraß gab, aber den für einen Schilling. Fraß kannte man ja, obwohl man erstmals dafür bezahlen musste. Und am Sonntag, wenn die Mensa geschlossen war, ging man manchmal in den Alten Rathauskeller, wo es gebackenen Leberkäse mit Kartoffelsalat für drei Schilling gab, oder in die WÖK, die Wiener Öffentliche Küche, die dann am Schwarzenbergplatz offen war und wo es auch nicht ganz mies war und man zwischen drei Menüs wählen konnte, obwohl man immer nur das billigste nahm. Nur um das Operncafé machte man einen ganz großen Bogen. Und außerdem gab es noch einige Möglichkeiten, ein wenig Geld zu verdienen. In der Dorotheergasse, gleich beim Taxistandplatz, gab es ein Café mit einem freundlichen Besitzer. Ein Café war es eigentlich nicht, eher ein besseres Tschecherl für die Taxler und die Damen vom Varieté nebenan, und am Dienstag war Ruhetag, denn das Café musste ja auch sauber gemacht werden. Glücklicherweise hatte man da als erste Stunde Religion, und da man erklärt hatte, Atheist zu sein, was Magnifizenz bestätigten, ging man zum Café, streute Sägespäne auf den Ölfußboden, kehrte auf, ölte nach, spannte die alten Zeitschriften aus dem Halter, und dafür bekam man von Herrn Hawelka zwei Buttersemmeln, zwei Eier im Glas und fünf, manchmal sogar zehn Schilling, doch er sagte jedes Mal, davon dürfe seine Frau überhaupt nichts wissen. Und am Petersplatz war ein Fleischhauer, der direkt am Schulweg lag, nun ja, eigentlich überhaupt nicht direkt, für den man nach der Schule eine Stunde lang austrug, zu alten Leuten, die zu faul waren, ihre Einkäufe selbst heimzutragen, und das gab wieder fünf Schilling und vor allem viel Trinkgeld, da alte Weiber zu heranwachsenden Jungen immer großzügig sind, vor allem, wenn sie keine Enkel haben. Und wenn dann die Buchbinderei vorüber war, ging man zum Esterházykeller, der ein Stadtheuriger war, sammelte die leeren Gläser von den Tischen und bekam für die Stunde wieder fünf Schilling und meist auch noch Trinkgeld. So kamen oft zwanzig Schilling am Tag zusammen, was mit dem Lehrlingsgeld ganz gut reichte. Auch an der Akademie konnte man verdienen, wenn man älteren Studenten die Leinwand auf Keilrahmen nagelte und grundierte, denn das machten sie nicht gerne. So lernte man auch einmal den Künstler kennen, dessentwegen man Künstler werden wollte. Er war jetzt Surrealist und immer schrecklich beschäftigt, weil er ein Genie war. Er richtete sich her wie ein

Jesus mit TBC, gegen die man jetzt in allen Schulen geimpft wurde, trug stets ein Kapperl und seine Mutter hatte ihn in der Nazizeit als Klofrau durchbringen müssen. Nun wollte er berühmt werden und suchte dazu auch alle Berühmtheiten auf, weil er sagte, dass man von ihren Rezepten lernen könne. Gerne zeichnete er sich selbst mit einem riesenlangen Schwanz, aber man wusste ja, dass damit immer angegeben wird. Aber er zahlte gut, wenn man ihm seine Malgründe vorbereitete, und darauf kam es an.

Auch die Schule war anders, als man das in Erinnerung hatte, denn es waren sogar einige Mädchen in der Klasse. Viele Jungen waren darüber nicht glücklich, da sie sich oft blamierten, doch insgesamt war eine viel bessere Stimmung. Das lag auch an den Lehrern, denn die waren keine Kuttenbrunzer, sondern fast alle verheiratet und daher gutmütiger. Klassenvorstand Fuchsreif nannte sich selbst einen »alten Pauker«, doch er war nicht so alt, und man konnte mit ihm über alles reden außer über das griechisch-klassische Theaterstück, das er jedes Jahr unbedingt aufführen wollte, damit die Eltern sehen konnten, was er ihren Kindern beigebracht hatte. Seine Vorstellung von Theater war allerdings eine sehr antike, doch das waren die Dramen ja auch, weshalb sie die Hälfte des Jahres durchgenommen wurden, ehe man sie gegen Schulschluss erledigte. Dazu gehörten Fackeln, wie Herr Fuchsreif immer betonte, aber da man nicht in einem antiken Theater spielte, sondern in der neugotischen Aula im obersten Stockwerk, waren sie Stöcke mit roten Fetzen dran als Flammen, die man deshalb schwingen musste und die schon sehr abgenutzt waren, da Herrn Fuchsreif diese Idee schon vor vielen Jahren überkommen hatte. Natürlich lästerten die Schüler fast ebenso lange über diesen Blödsinn, doch das durften sie nicht laut, denn das war der einzige Grund, weswegen Herr Fuchsreif wirklich unangenehm wurde. Das war aber nur, weil auch die anderen Professoren über die Fackeln und das ganze Theater Witze machten, und dagegen konnte sich Herr Fuchsreif ja nicht wehren. Wenn er sich ärgerte und schimpfte, klang es, als würde er gackern, doch das war jeden Monat nur einmal. Aber ähnliche Marotten hatten alle Lehrer und noch eine besondere mehr: Da die Schule in Wien war und dort große Koalition, gab es sogar einige heimliche Sozis darunter. Deshalb knurrten die einen gegen die Schutzbündler und die anderen gegen die Hahnenschwanzler, aber immer nur heimlich wegen des Koalitionsfriedens, und die Schüler wussten zwar alle, dass es zwischen den beiden 1934 einen Bürgerkrieg gegeben hatte, aber offiziell hatte es den nicht gegeben, da er in Geschichte nicht drankam. »Das ist etwas, an das man nicht rühren soll«, hieß es immer, und das blieb so in alle Ewigkeit.

Und noch etwas war an der Schule anders: Es gab nur zweimal im Jahr Zeugnisse, denn man hatte Semester, und sie waren alle besser als das im Kloster. Beim ersten Mal war man richtig stolz darauf und vermisste Mutter, die sich über die Zeugnisse immer aufgeregt hatte. Aber das war vorbei, und man wusste nicht einmal, was aus Mutter geworden war. Natürlich hatte man das Zeugnis Magnifizenz gezeigt, aber die meinten, so ein Wisch sei höchstens für die Eltern oder in Teufels Namen für einen selbst, und nur Dumme würden darauf etwas geben, da man das wirkliche Können nicht aufgrund von Zeugnissen beurteilen könne. Man war etwas enttäuscht.

Natürlich wunderten sich viele Leute über den Jungen »in freier Wildbahn«, wie dazu viele sagten, und manchmal stellten sie sehr unangenehme Fragen. Magnifizenz hatten einem dafür verschiedene Antworten beigebracht. Die eine war, dass man der Familie abhanden gekommen und das alles so kompliziert sei, dass man darüber nicht reden wolle, und die häufigste, dass all das niemanden etwas angehe, wobei man je nach Art von Frage und Fragendem das »Etwas« auch durch »einen Dreck« ersetzen konnte. Dann sollte man aber darauf achten, es unter freiem Himmel zu verwenden und notfalls schnell zu sein. Es waren sehr einfache Antworten, doch sie wirkten, und höchstens ältere Frauen fragten dann noch weiter, wobei man einen freundlichen Blick aufsetzen sollte, der meist wirkte.

Für den Jungen selbst war es nicht immer so einfach, denn er dachte viel nach. Es irritierte ihn, dass ihn niemand vermisste. Beim Kloster war das erfreulich, bei Zuhause aber etwas enttäuschend. Als wäre man immer nur überflüssig gewesen oder Beiwerk, kaum wichtiger als Schnittlauch auf der Suppe, den man nicht vermisste, wenn man ihn nicht hatte. Im Frühjahr freute man sich über ihn, wenn er älter wurde, putzte man ihn aus, und dann vergaß man ihn einfach. Er fand, kein so übles Kind gewesen zu sein, dass man ihn vergessen konnte, womöglich mit einem Achselzucken, das er für ungerecht hielt, da er sich zu Hause immer bemüht hatte, die von ihm geforderten Dressurkunststücke wenigstens halbwegs abzuliefern. Und nun war da, was der Künstlerfreund Funkstille nannte, und niemand konnte ihn verstehen, da alle Eltern hatten oder wenigstens Mütter, die ihnen meist so auf die Nerven gingen, dass sie dem Jungen sagten, er solle froh sein über seinen Zustand der Obrigkeitslosigkeit, auch wenn es genug Obrigkeiten gab. Natürlich: Zuerst war alles im neuen Leben so aufregend gewesen, dass man an das alte und die Bruchstelle dazu nicht dachte, doch als es allmählich gewohnt wurde, grübelte man doch, weil man sich als Treibholz in einem Strom gelegentlich unheimlich fühlte und zumindest ein Ufer sehen wollte. Das verstanden keine Gleichaltrigen, die den Jungen seiner Freiheit wegen beneideten, doch Ältere verstanden es auch nicht, und Magnifizenz sagten, als man darüber einmal vorsichtig zu sprechen versuchte, es sei doch absurd, von einem Elternhaus davongelaufen zu sein, um in ein nächstes fallen zu wollen. Manchmal ging er fast am Operncafé vorbei, fast als wolle er gesehen werden, und einmal sah ihn auch Herr Mang, der Oberkellner, als der gerade den Garten aufstellte, und er nickte nur mit dem Kopf, als wäre alles ganz normal und in Ordnung. Tante Anny rief er nicht, und das war eigentlich enttäuschend, denn man langweilte sich der Ferien wegen, obwohl man da auch einige Arbeit machen konnte.

Ja, es ging einem besser. Man wurde nur sehr selten gehänselt, wenn man schwer sprach, und dann hieß man nur »Stotterer« und nicht mehr »Stottertrottel«, was ein großer Fortschritt zur Klosterschule war, von den besseren Zeugnissen abgesehen, und die Studenten an der Akademie machten überhaupt keine Witze über einen, obwohl sie oft »Maskottchen« sagten, aber das war etwas anderes und nicht böse gemeint. Das und vieles andere mehr musste man immer wieder bedenken und verrechnen, wenn man mit seinem Leben unzufrieden war, und das war man oft, auch wenn man nicht genau wusste, warum. Magnifizenz sagten, das liege am Alter, das eben schwierig sei, doch der Junge konnte sich nur daran erinnern, dass es immer schwierig war. Das fing schon mit den langweiligen Abenden an, wo man rechtzeitig in der Akademie sein musste, bevor sie zugesperrt wurde, und dann war sie leer und öde. Man kannte natürlich den besonderen Türmechanismus und hatte sich auch, als der Pedell einmal eine Weile aus seinem Häuschen war, einen Seifenabdruck des Hauptschlüssels gemacht – die Ausführung kostete drei Schilling fünfzig –, doch auch dann musste man sehr vorsichtig sein, denn man war noch jung und konnte deshalb leicht Ärger mit der Polizei oder gar den Besatzungstruppen bekommen. Wien hatte eine seltsame Ordnung. Die Innenstadt bis zur Zweierlinie war international, und da fuhren alle vier Besatzungsmächte in einem Jeep, obwohl drei die Russen nicht leiden konnten und die Russen die anderen auch nicht. Dennoch waren die Vier im Jeep ein gutes Zeichen, denn woanders führten sie Krieg: die Russen mit den Amis in Korea, die Russen mit den Franzosen in Vietnam, und nur die Engländer hatten Frieden, weil man ihnen das Empire weggenommen hatte. Das Ganze hieß kalter Krieg, und die Österreicher machten begeistert mit, allerdings nicht offiziell, denn man hatte ja Frieden, also noch nicht Frieden, da der erst nach dem Staatsvertrag kommen würde, doch zumindest Vorfrieden. Der Donaukanal war die Grenze zwischen Gut und Böse, also jeweils für den anderen, und dazwischen schwammen Bösartigkeiten, denn außer den Franzosen hatte jede Besatzungsmacht ihre Zeitung in ihrem Teil der Stadt, und für jede war alles ganz anders, weil nur sie die Wahrheit schrieb. Das glaubte eigentlich fast niemand, und in den Kaffeehäusern lasen die Leute hauptsächlich deshalb Zeitungen, um zu wissen, wie gerade wer wen anlog und dann darüber

Witze zu machen. Der Junge interessierte sich dafür sehr wenig, denn die Huren waren viel aufregender. Eigentlich hießen sie Prostituierte und taten, was man ihnen nachsagte, und sie hatten Strizzis, die dafür sorgten, dass sie ihre Arbeit machten. Das war auch nichts Besonderes, aber sie sahen sehr aufregend aus und manche sogar so, dass man einen Steifen bekam. Andere Jungen hatten dafür Hefte, die sie von den Amis gekauft hatten, aber für den Jungen waren die Huren aufregender, und sie kosteten nichts. Die meisten standen auf der Wienzeile, den Naschmarkt entlang, gleich beim Theater an der Wien, wo jetzt die Staatsoper drin war, und viele standen dort schon am Nachmittag, denn viele Leute, die in Geschäften unterwegs waren oder aus der Provinz kamen, wollten sie ficken. Es standen auch welche in der Kärntnerstraße, bei den Straßenbahnhaltestellen gegen Geschäftsschluss, und sehr viele auf dem Kohlmarkt, denn in der Wallnerstraße hatten sie das Café Rabe, das ihnen gehörte, da sie drinnen saßen, wenn es regnete oder kalt war. Die waren aber etwas eingewickelt und nicht so schön anzusehen wie die an der Wienzeile, die allerdings dem Jungen, sobald sie ihn sahen, oft zuzischten, er solle sich schleichen, also verschwinden. Sie selbst gingen mit ihren Kunden in die Stundenhotels gleich um die Ecke und wenn die dafür nicht genügend Geld hatten, in die Gebüsche vor der Akademie, wo man ihnen zusehen konnte, wenn man vorsichtig war. Es war aber nicht immer so interessant, dass man das Risiko eingehen wollte, von einem Strizzi oder Kunden verhauen zu werden, was, so hatte man gehört, oft vorkomme.

Man wuchs, und das war ebenso unheimlich wie grotesk. Einmal wurde die Nase immer größer, dann wieder die

Beine hässlich lang … man hoffte nur, es werde sich irgendwann einmal einpendeln.

Einmal, es war schon Herbst, und die Schule sollte gleich wieder anfangen, war plötzlich Herta im Esterházykeller. Man kannte sie schon ewig aus dem Dorf, und jetzt war sie siebzehn, mit der Handelsschule auf Klassenreise und hatte einen gesucht. Das war nicht schwer gewesen, wie man hörte, denn das ganze Dorf wusste Bescheid. Natürlich wusste sie es nicht von Großvater oder Mutter, denn die redeten selten mit den Leuten und erst recht nicht darüber, doch jemand aus dem Dorf hatte den Jungen gesehen und ein wenig nachgefragt. Man fühlte sich beobachtet und ausspioniert wie in seiner Kindheit, doch Herta beruhigte einen: Die Geschichte sei dem Dorf schon wieder langweilig, da nichts herausgekommen sei, worüber man sich freuen könne, also was Großvater oder Mutter vielleicht ärgern könne, und an mehr sei das Dorf eben nicht interessiert. Es war sich treu geblieben, und Herta hatte einen schönen Busen bekommen, doch das konnte man ihr nicht sagen, da sie schon so lange eine Freundin war. Leider kam man nicht dazu, sich zu unterhalten, da sie zu ihrer Klasse zurück musste und man zu seinen Gläsern. Man dachte aber noch lange darüber nach und hatte dann, als man in der Akademie saß, fast so etwas wie Heimweh.

So verging fast ein Jahr, und man gewöhnte sich an alles. Man hatte ja viele Bekanntschaften gemacht, Studenten der Akademie und manchmal auch ihre Eltern, und die mochten den Jungen, luden ihn zu Weihnachten und anderen Sachen ein und schenkten ihm Kleidung, aus denen ihre Söhne herausgewachsen waren. Die mochte man nicht sehr, da die meisten Leute einen anderen Geschmack hatten, nämlich den üblichen. Am liebsten hatte man den schwarzen Existenzialistenpullover mit Schal, den man aus dem Kartoffelkäfergeld von Großmutter hatte stricken lassen und der jetzt, nach fast zwei Jahren, schon sehr existentialistisch aussah. Es gab auch andere Existentialisten auf der Straße, aber die hatten Eltern, die ihnen am und das Zeug flickten, und das konnte man selbst nicht so gut. Man wusch ihn nur alle halben Jahre, damit er sich nicht ganz auflöste, und wenn man Arbeiten machte, durfte man ihn nicht anziehen, da er niemandem gefiel, nicht einmal Herrn Hawelka, und im Esterházykeller sagten die Frauen, er würde die Gäste verschrecken. Also trug man dann einen scheußlichen gelben, den die Mutter des Surrealisten gekauft hatte, ohne ihren Sohn zu fragen, und den alle schön fanden, weil er noch neu war. Aber so ging das überall, auch in der Schule, doch wenn man sich nur lange genug nicht nach den Forderungen richtete, wurde man auch in Ruhe gelassen.

Und dann, kurz nach dem fünfzehnten Geburtstag, geschah etwas Besonderes: Eine Hure verliebte sich in den Jungen. Man kannte sie wegen ihrer riesigen Oberweite, die sie in ein schwarzes Korsett gestopft trug, und sie stand am Nachmittag beim Theater an der Wien und am Abend in der Kärntnerstraße. Und dann, an einem regnerischen Mittwochnachmittag, rief sie dem Jungen zu, mit einer unvergesslichen Stimme, als der an ihr vorbeischlich: »Heaast, Klaana! Wüüst was leana?« Der Junge blieb stehen, denn so war er von Huren noch nie angesprochen worden. »Ob'st woos mochn wüüst, hab i di gfrogt.« Sie sah freundlich drein, und gleichzeitig fiel einem ein, dass man dafür ja gar kein Geld hatte. Sie schien die Gedanken lesen zu können, denn sie sagte: »Kost' di eh nix«, und man ging hinter ihr her.

Sie hielt ihre Handtasche, als wolle sie damit gleich zuschlagen, und bog ein Stück in die Millöckergasse ein, fast gegenüber von Herrn Schikaneders Papagenotor, wo sie eine blecherne Ladentür aufschloss und dahinter noch eine. Ehe sie noch ein rotes Licht anknipste, sah man schon eine ausgezogene Schlafcouch, über deren Mitte ein Handtuch gebreitet war, und alles Weitere blieb unvergesslich, aber doch sehr unklar in der Erinnerung. Er wusste nur, dass er schon gekommen war, als er von Christl nur angefasst wurde, und Christl sagte, das mache nichts und sei bei kleinen Jungen üblich. Dann zog sie sich aus, damit er ihre Muschi sehen konnte, steckte ihm einen Pariser an, und das wirkte, doch als er in sie hineindurfte, kam er gleich wieder. Christl sagte, während sie sich wusch, das sei Anfängerpech, und sie müsse wieder hinaus. Der Junge wusste nicht, wie ihm geschehen war, als er wieder vor der Akademie stand. Eine Hure hatte sich in ihn verliebt! Natürlich wusste er, was er nun zu tun hatte. Er musste sie aus ihrem Gewerbe retten, und dann müsse man einen Hausstand gründen. Vielleicht würde Christl als Schneiderin oder Friseuse arbeiten – dummerweise hatte man zu fragen vergessen, was sie gelernt habe –, denn mit der eigenen Arbeit wäre das alles wohl nur sehr schwer zu finanzieren. Man dachte noch die halbe Nacht nach, und alles war sehr stimmig, doch am nächsten Tag, als man mit Christl darüber sprechen wollte, sagte sie nur, ihr sei gestern gerade langweilig gewesen, das sei alles, und der Junge solle sich wieder schleichen. Als man noch fassungslos vor ihr stand, wurde sie richtig grob, da man ihr die Freier verjage, und als man dann wieder ging, verstand man nicht mehr, was da eigentlich geschehen war. Natürlich sprach er nur mit Studenten der Akademie darüber, doch die wussten auch nicht, was da war. Die einen sagten, alle Weiber seien so, andere, nur Huren, und der Künstlerfreund, der mit beiden seine Erfahrungen hatte, meinte, sie hätte eben aus Langeweile Lust auf einen frischen Schwanz gehabt, und das sei alles. Man solle das Ganze zwar nicht vergessen, aber auch nicht wichtig nehmen. Das war allerdings viel verlangt, und der Junge musste viel onanieren, um darüber hinwegzukommen. Das tat er ohnedies oft, doch das hätte er nie zugegeben, denn das tat man nicht, wegen des Rückenmarks.

Auch die Schule wurde wieder etwas interessanter, denn in der Sexta bekam man Herrn Satra in Naturkunde, da sein Kollege in die Rente gegangen war. Der redete viel von Suggestion und Hypnose, und weil er eine Schulklasse hatte, probierte er das auch aus. Sein bestes Medium war der Kohn, aber der war auch Halbjude, dessen Vater sich nach Österreich zurückgewagt hatte. Er machte brav mit, weil er wusste, dass es Juden sonst nicht leicht hatten, aber bei der kataleptischen Brücke brach er zusammen und schämte sich. Als Trost versprach Herr Satra eine Massensuggestion, und die ganze Klasse machte die Augen zu, weil sie sich davon was erwartete, und musste die Hände hinter dem Kopf verschränken. Herr Satra sprach sehr lange, was er monoton nannte, und es war wirklich zum Einschlafen. Und dann sagte er: »Und jetzt stellt euch etwas besonders Schönes vor.« Man wollte, doch dann sagte er »Christbaum«, die ganze Klasse lachte schallend los, da zu Weihnachten die Eltern immer hysterisch waren und dann auch noch Verwandte kamen, doch Herr Satra war eine Woche lang beleidigt und prüfte alle, bis sie ganz dumm dastanden.

Dabei interessierte den jungen Mann Hypnose, denn es musste eine ungeheure Macht in ihr liegen. In allen Zeitungen stand, und auch die Geschichtslehrer erzählten, dass Hitler ein phantastischer Hypnotiseur gewesen sein musste, der die Leute ganz gegen ihren Willen zwang, Nazis zu werden, oder dass alles Massensuggestion gewesen sei, die eben danebengegangen sei wie beim Christbaum in der Klasse. Aber es interessierte ihn noch aus anderen Gründen: Er stellte sich vor, die Menschen so hypnotisieren zu können, dass sie anständig würden, also so, was er unter anständig verstand. Was das genau sei, konnte er schwer erklären, doch er machte sich viele Gedanken. Manchmal hatte er das Gefühl, sein Gehirn explodiere vor Gedanken, und er konnte sich auch nicht alle merken, denn sie blitzten nur so, doch als er darüber mit Magnifizenz zu sprechen versuchte, sagten die, das sei in diesem Alter ganz normal.

Andere, also Studenten an der Akademie, sagten, sie hätten zu wenige Gedanken, und deshalb taten sie in ihre Zigaretten ein braunes Zeug, das sie Haschisch nannten und das sie aus Afghanistan hatten, obwohl sie von dort gar nicht herkamen. Sie sagten, es würde sie sehr inspirieren, was den Jungen sehr interessierte, doch Magnifizenz, mit der man einmal sehr vorsichtig darüber sprach, lachten und sagten, die Pubertät würde schon für ausreichend Inspiration sorgen, und man solle damit warten, bis er selbst einem ein Stück gebe. Man war etwas zwiegespalten, denn man kannte diese Art von Magnifizenz als ein Verbot, und Verbote reizten ja immer zu ihrer Übertretung, außerdem fühlte man sich ja überhaupt nicht inspiriert, sondern höchstens mit einem Durcheinander im Kopf, nein, eigentlich überall, und man hoffte, dass sich dies mit einem Wundermittel beheben lasse; andererseits hatte man sich bisher auf Magnifizenz verlassen können, und sie hatten so was auch noch nie grundlos gesagt. Man warf also eine Münze und wartete dann.

Immer wartete man auf etwas, doch das geschah meistens nie. Großvater und Mutter kümmerten sich ja auch nicht um einen, und es sah sogar aus, als wollten sie gar nichts mit ihrem Enkel und Kind zu tun haben, und das fand man ungerecht. Denn man war nur von der ekelhaften Schule fortgegangen, in die sie einen gesteckt hatten. Sonst hatte man nichts getan, und man wollte wirklich auch nur Gutes tun, auf Ehre und Gewissen. Man könnte ja in den Urwald gehen wie der Doktor Schweitzer oder in die USA wie Professor Einstein, auch könnte man sich in ein Irrenhaus einweisen lassen und bräuchte nichts mehr zu tun, auf jeden Fall aber würde man der Welt nicht zur Last fallen, sondern sie beglücken.

Man wollte ja anders sein als Stalin, über den Anfang März ein riesiges Theater gemacht wurde, weil er gestorben war. Die Kummerln liefen deshalb mit Leichenbittermienen herum und jammerten wie über einen Vater, obwohl sie ihn nicht mehr Väterchen nannten, sondern Generalissimus. Ein wenig hatten sie ja recht, denn Stalin hatte den Zweiten Weltkrieg gewonnen, und die Russen hatten dafür auch am meisten leiden müssen. Da aber die Russen immer schon sehr viel aushalten mussten und auch die Kummerln, druckten sie ihn immer als gütigen Opa und jetzt überall in blassen Farben mit sehr viel Druckerschwärze drumrum. Sogar Herr Picasso, der berühmteste Künstler, den man damals hatte, machte eine Zeichnung, die nach ein paar Tagen in allen Kummerlblättern gebracht wurde, aber er war wohl insgeheim ein Neutralist, denn man erkannte Stalin nicht wieder. Das sagte zumindest der Künstlerfreund, der jetzt fleißig Gipsstalins machte, und er hatte Recht, da alle Nichtkummerln Stalin nicht leiden konnten, auch wenn sie jetzt vorsichtig schwiegen. Es gab aber auch Kummerln, die sagten, es sei Zeit gewesen mit Stalin, denn er sei zwar ein Riesenstaatsmann gewesen, aber auch ein Hund, bei dem selbst seine Freunde um ihr Leben fürchten mussten. Einer war lange in Moskau gewesen und jetzt Primarius in Wien, und man konnte ihn sehr gut leiden, denn er war ein wirklich guter Mensch. Stalin hatte dem Franz David zwei Frauen umgebracht, doch der sagte, man müsse abwarten, wie einmal die Geschichte über ihn urteilen würde. Vielleicht sei er ein böses Werkzeug zu etwas Gutem gewesen, denn sonst wäre Hitler immer noch da. Und man würde viel über Stalins Lager reden, derzeit fast mehr als über Hitlers KZs, und doch sei da ein großer Unterschied: Bei Stalin sei die Quälerei noch gewissermaßen Handwerk gewesen, bei Hitler aber industrielle Mordfabriken. Darüber werde es noch viel Streit geben, da Reaktionären und anderen Böswilligen dieser Unterschied gleich sei, aber für Humanisten müsse er zählen, obwohl humanistische Menschen eigentlich eine blödsinnige Floskel sei. Stalins Begräbnis war sehr feierlich, doch als sich dann die Leute in Moskau wieder gegenseitig umbrachten, als wäre Stalin gar nicht gestorben, grinsten viele, die natürlich keine Kummerln waren, sondern mit ihrem freien Westen sehr viel Trara machten, nicht nur heimlich. Da tat es einem um Stalin wirklich leid, denn er war der Einzige, vor dem sich solche Österreicher fürchteten, und wenn sie niemanden zum Fürchten hatten, wurden sie noch schlimmer. Man selbst aber dachte, dass die Umbringereien zur Politik und zu Russland gehörten und im Westen Justiz hießen, und fand das Ganze eher fade.

Aber auch die Schule war oft reichlich langweilig, denn manche Lehrer dachten überhaupt nicht darüber nach, was einen interessieren könne, sondern wussten, dass man es einfach wissen müsse, und sie hatten selbst auch keine Lust daran, sondern leierten den Stoff einfach herunter, und man musste ihn lernen. Der Junge klagte darüber nicht, denn er wusste, dass so das Leben war und die schlechten Lehrer schon lange in Dienst. Außerdem wusste er, dass ab Sommer Magnifizenz nicht mehr Magnifizenz sein würden und daher sein Quartier in der Akademie gefährdet. Magnifizenz sagten zwar, er werde sich darum kümmern, aber er war gelegentlich sehr zerstreut. In Naturkunde, die manche schon Biologie nannten, wurden in einem Heuaufguss, der schon eine Woche alt war, und in einem Mikroskop, das schon ein Jahrhundert im Okular hatte, Protozoen gezeigt. Manche waren ganz niedlich, wie das Pantoffeltierchen, das Maul und Arsch hatte und sogar eine Art Niere haben sollte, doch sich vorzustellen, dass man daraus durch Zufall und Darwinismus entstanden sein solle, war doch etwas schwierig. Und drei Tage war man dann im April todunglücklich, weil einem das Fahrrad gestohlen wurde, das kostbarste Eigen, das man hatte. Man fand es wieder, vor der Akademie und mit einem Platten, den man in Österreich Patschen nannte, ein Student hatte es sich ausgeborgt, ohne zu fragen. Die Welt war nicht gut. Umso überraschter war der junge Mann, als einem Magnifizenz zum sechzehnten Geburtstag einen braunen Krümel schenkten, von dem man wusste, was es war, und mit einem resignativen Lächeln sagten, es würde sich nun wohl nicht mehr vermeiden lassen.

Man fühlte sich wirklich geehrt und einen großen Sprung erwachsener.

Gleich bei der Kärntnerstraße, im Kärntnerdurchgang, war das Kellerlokal des Art Club, den Magnifizenz gleich nach dem Krieg mitgegründet hatten und der die Kunst befördern sollte. Das Ganze musste natürlich recht billig sein, und deshalb hatte man die schimmligen Wände mit Matten aus Stukkaturschilf verkleidet, kreuz und quer, einfach so, wie's kam, denn es war ja Kunst. Tagsüber war es Galerie und abends ein Lokal mit Klavier und kleinen Preisen, damit auch die Künstler saufen konnten, und tagsüber kamen keine Leute, so dass man gut seine Schularbeiten machen konnte, wenn man dort Aufsicht hatte. Das war normalerweise samstags und sonntags, doch einmal sollte man auch Donnertag aufpassen, da Österreichs berühmtester Bildhauer am Abend eine Ausstellungseröffnung hatte. Er war jetzt, weil das modern war, abstrakt geworden und konstruierte alles aus Würfeln und Bauklötzen, weil das dem Menschlichen am ähnlichsten sähe. Er war auch dabei, als das hingestellt wurde, damit man vorne und hinten genau unterscheiden konnte, und am Abend sollte eine Rede gehalten werden. Bis dahin war nichts los; nur Herr Qualtinger kam mit der Federfrau, also der Frau des Dichters Federmann, einer Nagelschere und einer Tube Syndeticon. Bei fast jeder Figur schnippelte er an den langen roten Haaren der Federfrau herum, und die abstrakte Kunst bekam Scham- und Achselhaare. Man fand das nicht schlecht, doch am Abend gab es Ärger, da sich Professor Wotruba sehr aufregte, und seither durfte man nicht mehr auf die Galerie aufpassen, nur noch manchmal am Abend Gläser spülen. Die

Sache hatte noch ein Nachspiel, über das die halbe Akademie lachte: Da sagte Herr Wotruba einmal, Aktzeichnen und alle diese alten Akademiedisziplinen würden nur dazu dienen, dass man einmal besser abstrakt sein könne, und der Künstlerfreund sagte: »Da muss ich also Anatomie studieren, um später eine Parkbank streichen zu können.«

Über dem Art Club aber war eine schöne Bar, die eigentlich American Bar hieß, aber nach ihrem Architekten Loos-Bar genannt wurde. Die Tische waren von innen erleuchtet, was sehr feierlich aussah, doch tagsüber war dort nicht viel los, und am Abend wärmten sich die Huren auf. Das fand man einen angenehmen Platz für seine erste Haschischzigarette, und unterwegs kaufte man noch für fünf Schilling ein versilbertes Blechdöschen aus dem Jugendstil, um den Krümel ordentlich aufzubewahren. Man hatte sich auch seinen damals besten Freund eingeladen, denn man hatte gehört, dass einem bei Haschisch oft schlecht werden könne und man umfallen würde, und da sollte Walter aufpassen, denn er war sehr genau und wollte einmal Jurist werden.

Als man in die Bar kam, war es halb vier, und hinter der Theke stand Max Lersch, den man kannte, denn er war der Hausbesitzer und ein so genannter Globetrotter, der in ferne Gegenden reiste und das Expedition nannte. Man bestellte sich zwei weiße Gespritzte und packte sein Zigarettendrehzeug aus, denn man rauchte schon eine Weile. Auf der beleuchteten Tischplatte sah alles sehr ordentlich aus, doch als man begann, von dem Krümel etwas abzubröseln, kam Herr Lersch ganz schnell und guckte streng: »Was rauchst denn da?« Man zeigte ihm den Krümel, er nahm ihn, schnupperte daran, legte ihn auf den Tisch zurück und lachte: »Ist eh von mir.« Während man sich seine

Zigarette drehte, wie man es von Älteren schon gesehen hatte, erzählte er, dass er das Haschisch im letzten Herbst aus Afghanistan mitgebracht hatte, von einer Expedition, und dass er bald wieder dorthin aufbrechen werde, da er neues brauche. Unter den Nazis sei Haschisch verboten gewesen, da Hitler niemandem ein Vergnügen gegönnt habe, doch nach dem Krieg seien alle Nazigesetze gestrichen worden, und das sei gut. Dann ging er wieder hinter seine Theke, und man war sehr gespannt, als man seine Zigarette anzündete. Sie schmeckte etwas komisch, aber nicht unangenehm, und Walter wollte sie nicht probieren, weil er ja aufpassen sollte. Man hatte sich vorgenommen, auf die Uhr zu schauen, um genau zu wissen, wann das Haschisch zu wirken beginnen würde, aber das interessierte plötzlich nicht mehr. Man hörte auf das Radio, das »Sophisticated Lady« von Duke Ellington spielte, sah sich die braune Mahagonivertäfelung an, die gleich oberhalb der Lampen in Spiegel überging, und den Plafond aus abgestuften Marmorplatten, in dem noch einige Einschusslöcher vom Kriegsende waren und der durch die Spiegel sehr groß aussah, und man fühlte sich leicht und wohl, denn die Musik war wunderschön. Walter fragte, wie es einem gehe, aber man hatte keine Lust, ihm zu antworten.

Vor einem lag noch fast die Hälfte der Zigarette und brannte, und man überlegte, ob man sie weiterrauchen solle, doch es ging einem so gut, dass man sie ausdämpfte. Walter fragte sehr laut, ob einem schlecht sei, und es war wirklich lästig, denn man fühlte sich sehr wohl und staunte darüber, dass man diesen Raum noch nie so schön gesehen hatte. Ja, aber man würde so komisch in die Luft starren, sagte Walter und hörte nicht auf, bis man ihm sagte, er solle einen in Ruhe lassen. Herr Lersch lachte und fragte, ob man in die Unendlichkeit sehen wolle. Man sagte ja und fühlte sich ihr ohnedies schon sehr nahe. Da holte er eine Zeitung heraus und legte sie auf den Tresen. Darauf sollte man steigen, und man tat es ihm zuliebe, denn eigentlich hatte man gar keine Lust dazu. Es war ja wirklich schön, was man da oben sah, aber es war doch nur wie das Spiegelkabinett im Prater, das man voriges Jahr wieder aufgemacht hatte. Walter stieg dann auch hinauf und fand alles grandios, doch man selbst hing seinen Gedanken nach und hatte keine Lust, darüber zu reden. Walter aber quatschte so lange, bis Herr Lersch sagte, man solle Leute, die Haschisch geraucht haben, in Ruhe lassen. Nun aber begann Walter erst recht zu quatschen, dass Haschisch dann ja wohl ein Gift sei, das habe er auch in einem Amibuch gelesen, und Herr Lersch sagte, das sei aus den Blüten von Hanf, und auch hierzulande würde man rauschig werden, wenn man in einem Hanffeld arbeite, und Walter sagte, er werde sich beim Naturkundeprofessor sehr genau erkundigen, denn in Österreich sagte man auch zu Mittelschullehrern Professor, und man dachte, dass es gar keine gute Idee gewesen sei, Walter mitzunehmen. Man bestellte noch einen Gespritzten, weil man Durst hatte, ließ Walter quatschen und sah die Vertäfelungen an, die wieder ganz normales Holz wurden. Die Musik aber war wunderbar, obwohl sie nur aus dem Amisender kam.

Um sechs sagte Walter, dass er heim zum Abendessen müsse, und man nahm sich vor, ihn ein Stück zu begleiten, obwohl er heute sehr anstrengend war. Man nahm also seine halbgerauchte Haschischzigarette, zahlte und ging. Am Josefsplatz war gleich bei der Nationalbibliothek ein

Geheimweg in den Burggarten. Er ging durch einen harmlosen Hof und dann in die Kasematten hinter dem Glashaus, und dort waren Schienen für die Rollwagen mit den Blumenkübeln, die man bei Staatsereignissen als Natur brauchte. Walter kannte diesen Weg nicht, gruselte sich unter den fensterlosen Ziegelgewölben und sagte, das sei sicher verboten. Man zeigte ihm, wie man von hinten in das Glashaus kam, und dort hatten die Gärtner eine Nische in italienischem Stil mit einem kleinen Brunnen gebaut. Er lief nur manchmal, da er an die Wasserleitung angeschlossen war, die man nicht immer aufdrehen konnte, doch man fand das einen schönen Ort, den zweiten Teil der Zigarette zu rauchen. Walter regte sich furchtbar auf und sagte, man sei ja schon ganz süchtig, und er habe gehört, dass Haschisch süchtig mache wie Morphium, und er werde übermorgen in Naturkunde ganz genau nachfragen, und man sagte ihm, das solle er ja bleiben lassen, und dass er einem auf die Nerven gehe und sich schleichen solle. Kaum hatte man die Zigarette angezündet, kam er wieder und sagte, er könne den Ausgang nicht finden. Dabei hatte man ihn mitgenommen, damit er auf einen aufpasse! Man zeigte ihm den Ausgang und kam auch selbst mit hinaus. Die Sonne ging gerade unter und es war noch warm. Man stritt noch ein wenig, bis Walter beleidigt abzischte, und dann rauchte man seine Zigarette auf der Wiese zu Ende und sah den Gänseblümchen zu. Dann staunte man wieder, wie viele kleine Tiere es im Rasen gab, die man eigentlich nie beachtet hatte. Man staunte überhaupt sehr viel, auch später über die Lichter in den Schaufenstern, fühlte sich sehr wohl, im Grunde viel wohler, als man sich erinnern konnte, dachte sehr viel und vergaß es gleich wieder, fand das den schönsten sechzehnten Geburtstag, den man je gehabt hatte, und hatte plötzlich Hunger. Gleich bei der Akademie war das Speisehaus Smutny, das für seine Germknödel berühmt war. Kaum dachte man an sie, lief einem das Wasser im Mund zusammen, und im Schanigarten, also den Tischen und Stühlen hinter den Kästen mit Efeu auf dem Trottoir, war auch noch ein Platz frei. Der Germknödel kam ziemlich schnell und war so gut, dass man gleich noch einen bestellte und auch noch einen gespritzten Apfelsaft. Als man bezahlte, merkte man, dass man am nächsten Tag wieder arbeiten müsse, aber das war noch weit weg. So einen schönen Tag, beschloss man, würde es nie wieder geben, und man saß noch lange im Beserlpark vor der Akademie, bis eine Hure mit einem Kunden kam und einem zuzischte, man solle sich schleichen.

Alles wäre wunderbar gewesen, wenn nicht in der nächsten Biologiestunde Walter nach Haschisch gefragt hätte. Herr Satra machte ganz dicke Augen und fragte, ob er jemanden kenne, der damit zu tun habe, und dann legte er los. Most, Bier, Wein und Schnaps seien ja ganz in Ordnung, auch wenn man davon besoffen werde, wie ja wohl die meisten Schüler schon wüssten, denn das sei eine germanische Eigenschaft und schon seit Jahrtausenden üblich, und das gelte auch für den Tabak, obwohl der von den Amis komme, aber über Spanien, also das alte Österreich, verbreitet wurde. Haschisch aber komme wie Morphium aus dem Osten, wo alles Schlechte herkomme, und es sei von den Türken geliefert worden, die die Erbfeinde Österreichs waren. Ja, sogar in Wien habe man es geraucht, das sei leider wahr, aber nur bis zum Ersten Weltkrieg, der dann wegen der vielen Süchtigen verloren gegangen sei. Danach sei es von den

Mexikanern in Amerika eingeschleppt worden und hätte dort Jazz und Massenmorde hervorgerufen, bis es verboten worden sei. Und weil es auch im Reich so viel Jazz und Massenmorde gegeben habe, habe es sogar Hitler verboten, und es sei ja nicht alles schlecht gewesen, was Hitler getan habe, was man schon daraus sehe, dass die Autobahnen weitergebaut würden und der KdF-Wagen jetzt als Volkswagen für viel Arbeit sorge, und so redete er sich in einen immer größeren Wirbel, bis man ihn fragte, ob die SS in Auschwitz Haschisch geraucht habe. Herr Satra sah drein, als würde er aufwachen, und fragte, warum. Man sagte: Wegen der Massenmorde. Da fragte Herr Satra ganz streng, ob man denn selbst Haschisch rauche, und man sagte, dann hätte man schon jemanden umgebracht. Da begann Herr Satra wieder von vorn, auch damit, dass die Irrenhäuser voller Haschischraucher seien und es ein Verbrechen sei, dass man nach dem Krieg alle Nazigesetze gestrichen habe, bis ihm niemand mehr zuhörte. In der Pause aber war es sehr lästig, denn viele Schüler fragten einen, wo man denn Haschisch bekäme und wie es wirke, doch man sagte ihnen nichts. Nach der Schule drehte man sich eine kleine Zigarette, weil man sich so geärgert hatte; sie war auch ganz gut, nur die Arbeit machte überhaupt keinen Spaß, weil man dauernd an etwas anderes denken musste, und die Leute hatten wohl recht, die sagten, man solle es erst am Feierabend rauchen.

Doch wann war der? Man hatte eigentlich immer zu tun, und jetzt war noch eine Arbeit dazugekommen, denn in Wien gab es sehr viele Theater. Sie durften nur neunundvierzig Plätze haben, und dann waren sie erlaubt, doch mit so wenig Plätzen konnte man kein ordentliches Geld verdienen, weshalb die Gage für die meisten Schauspieler nur eine Straßenbahnkarte war. Sie machten das trotzdem, da es viele Schauspieler gab und sie hofften, dass einmal ein berühmter Regisseur im Publikum sitze und ihnen viel Geld brächte, und sie spielten Theater, während sie darauf warteten. Dem einen Theater aber war die Frau an der Abendkasse ausgefallen, weil sie gerade vom Hauptdarsteller ein Kind bekommen hatte, und nun sprang man ein und musste nach der Vorstellung das Theater wieder sauber machen. Das tat man aber für keine Straßenbahnkarte, sondern für zehn Schilling, weil es ja Arbeit war. Man saß also in seinem Verschlag, kassierte das Publikum ab, und während die Künstler drinnen herumschrien, machte man die Abrechnung und dann seine Schularbeiten, und manchmal, wenn nicht viel sauber zu machen war, wurde man von den Künstlern noch auf einen Gespritzten eingeladen. Wenn man danach Haschisch rauchte, konnte man nicht einschlafen.

Damals war ein idiotisches Psychospiel in Mode; dazu nahm man ein Tablett, stellte darauf ein paar zerbrechliche Dinge, hielt es mit ausgestreckten Armen weit von sich und summte dazu eine dumme, aber sehr rhythmische Melodie, die sich allmählich steigerte und abrupt abbrach. Nun wäre es sehr einfach gewesen, den Rhythmus gleich mit Krach und Geklirr fortzusetzen, und deshalb kam es darauf an, erst dann zu krachen, wenn die Spannung ins Unermessliche gewachsen war. Der Orgasmus des Spielchens, oft ausimaginiert, wäre gewesen, als Klavierarbeiter verkleidet mit einem Konzertflügel ins Rathaus zu schleichen, um ihn vom Dach aus zu dieser Melodie in die Tiefe donnern zu lassen. Aber man beschränkte sich auf das Kleinere. Jeder kannte die Melodie, und es war sehr einfach, pflichtbewusste Schauspieler damit zu nerven. Einmal war Herr Kortner gekommen, um einen sehr ehrgeizigen jungen Schauspieler anzusehen, und der war natürlich sehr nervös. Ununterbrochen summten seine Kollegen in der Garderobe diese Melodie, und ihr letzter Ton traf seinen Auftritt, zu dem er schon unterwegs war. Es schüttelte ihn kurz; er schrie »Nein!!!«, krallte sich an den Requisitenschrank und schmiss ihn um. Der Schrank war vom »eingebildeten Kranken« übrig geblieben, mit unzähligen Glasfläschchen gefüllt und machte einen entsetzlichen Krach. Der gehörte weder zum Stück noch zur Inszenierung, aber das war nun auch egal, da für eine Weile niemand wusste, was gerade zu spielen sei. Herr Kortner ging in der Pause, und für das Aufräumen bekam man diesmal zehn Schilling. Es war ja wirklich viel versaut, und der arme Schauspieler konnte noch so oft behaupten, er sei unschuldig, weil provoziert, doch er hatte ja wirklich die Vorstellung geschmissen.

Einige Tage später lieh einem Walter ein Buch aus der Bibliothek seines Vaters, in dem ein schon toter Dichter namens Baudelaire über »die künstlichen Paradiese« schrieb, und es war sehr moralisch. Und dann stand da am Ende des Haschisch-Kapitels: »Aber der andere Morgen! Der schreckliche andere Morgen, Erschlaffung und Ermüdung aller Organe, die Entspannung der Nerven, die brennende Lust zu weinen, die Unmöglichkeit, bei einer Arbeit auszuharren ...« Jetzt hatte man schon einige Male Haschisch geraucht, doch einen der Beschreibung auch nur entfernt ähnlichen Zustand hatte man nicht erlebt, aber man kannte ihn als Kater, nachdem man einmal besoffen gewesen war. Man fragte deshalb Magnifizenz, die meinten, Herr Baudelaire sei, als er das geschrieben habe, schon lange Morphinist gewesen und habe das eine mit dem anderen verwechselt.

Man gab Walter das Buch zurück und sagte, es sei Blödsinn, und man zeigte ihm die Stelle, warum man das meinte. Aber Walter wollte das nicht glauben, weil das Buch schon sehr alt und immer wieder neu aufgelegt war. Man stritt mit ihm und sagte, er rede wie der Blinde von der Farbe.

Dann überlegte man wieder, was man mit seinem Leben anfangen könne. Man hatte sich auf jeden Fall absolute Bedürfnislosigkeit vorgenommen, aber man wusste bereits von sich, dass man es damit überhaupt nicht leicht haben würde, denn man hatte sehr wenig und war damit auch nicht zufrieden. Vielleicht, dachte man, könne man sein Lebensziel durch wenn schon nicht zur Milde neigende, also selbst anerzogene Askese durch institutionelle, anerzwungene erreichen, und hatte ein klösterliches Leben erwogen. Dass ein christliches Kloster ausgeschlossen war, ergab sich einfach daraus, dass man eines schon als kleiner Schüler kennen gelernt hatte, aber es sollte doch auch andere geben als um Gottes willen christliche. Über Derwische hatte man viel gelesen, leider aber auch, dass ihre Klöster aus vielen Gründen und Atatürk stark im Niedergang seien, und das war schon vor langem geschrieben. Die Bilder der tanzenden Derwische aber waren im Kopf geblieben und verführten zum Träumen, weshalb man das Buch, das schon das Kind in der Bibliothek des Großvaters begeistert hatte, in der Bibliothek der Akademie suchte. Dabei bemerkte man mit Schrecken, wie alt es war, denn die Illustrationen stammten von Hogarth. Die Klosterruine musste also woanders gestanden sein, und man verbrachte Tage in der Nationalbibliothek, bis einem am Perspektivendpunkt der Langeweile die Erinnerung erschien. Der rettende Engel hatte die schon faltige Gestalt eines auch dem Großvater flüchtigen Bekannten, der bestimmte Jahre samt Frau als Sprachwissenschaftler in Trapezunt am Schwarzen Meer überstanden hatte, wohin ihn Atatürk zur Reform des türkischen Schulwesens berufen hatte. Man fand ihn sofort im Telefonbuch, und der Herr Professor war so freundlich, einen Termin zu gewähren.

Er wohnte in einem der Bezirke um die Innenstadt, in denen man die Bomben nur gehört hatte und denen, in der amerikanischen Zone gelegen, auch sonst nicht viel widerfahren war. An manchen Seitenstraßen waren sogar noch ein paar alte Bäume stehen geblieben, natürlich nur wenige, doch die vor zehn Jahren gepflanzten bemühten sich bereits, die Erinnerungen an Nazis und Krieg zu überwuchern. Er war noch nie in dieser Gegend gewesen, und das blieb das einzig Bemerkenswerte an diesem Besuch. Eine Haushälterin öffnete und klärte auf: Die Frau Professor sei vor einigen Jahren gestorben, und der Herr Professor sei nicht mehr »ganz richtig im Kopf«. Er sah zwar gesund aus in seinem Lehnstuhl, war aber völlig vertrottelt, was man schon daran merkte, dass er lange nachdenken musste, um falsche Antworten zu geben. Ungeduldig wurde man, als er hartnäckig die Provinz Konya mit dem Konak verwechselte, der ehemaligen Herrschaftsresidenz in Sarajevo, und von dort erzählen wollte. Doch die Derwische waren samt Atatürk gründlich aus seinem Hirn disloziert. Man ging ziemlich enttäuscht zur Straßenbahn, da man auch in diesem Fall keine Erfahrungen übernehmen konnte, sondern durch die Tücke des Schicksals dazu verurteilt war, eigene machen zu müssen. So geschah einem das immer, doch es war unbequem.

Mit dem Buddhismus war es einem auch nicht besser ergangen. Das erste Mal hatte man darüber von einem Wanderprediger gehört, der durch die Schulen zog, einer von vielen, die auf diese Weise ihr Geld verdienen mussten. Von denen gab es damals zwei Sorten. Die einen predigten das Lob des Kommunismus und die anderen verdammten ihn. Die waren in der Mehrzahl, da Österreich vier Besatzungsmächte hatte und drei davon Nato waren. Nur die Innenstadt war international, und da man dort in ein Gymnasium ging, konnte man beide Sekten hören, und man glaubte keiner. Der Mann war als Lehrer des Dalai Lama angekündigt worden, sah aber überarisch aus und klang nur mäßig umerzogen. Dabei hatte er in den entscheidenden Jahren den Gottkönig erzogen, und deshalb kamen die Chinesen, um ihn wieder umzuerziehen. Doch das hatte er auch verhindert, und sonst erfuhr man über Tibet nur, dass es dort Götter, Klöster und Dämonen gab, und dass verstorbene Lamas zu Hackfleisch verarbeitet und an die Vögel verfüttert würden. Außerdem und immer wieder: dass der Vortragende ein ganz großartiger Kerl sei und Österreicher in der ganzen Welt ungeheuer wichtig, vor allem er. Mehr konnte man über den Buddhismus nicht erfahren.

Aber es gab noch einen weiteren wirklichen Buddhisten in Europa, wie man vom Deutschlehrer hörte, und der hatte auch ein Buch geschrieben. Es las sich etwas komisch, doch es war auch viel darin, was man selbst so ähnlich gedacht hatte, und dann schrieb man dem Dichter in die Schweiz alle Fragen, die man hatte. Schon nach eineinhalb Monaten kam ein Brief zurück, mit dem man für die Semesterferien herzlich eingeladen wurde. Man solle nur ein, zwei Tage vor seiner Ankunft noch einmal schreiben, und das hieß damals: eine Woche davor. Schon nach Pfingsten hatte man sich die

Reiseroute auf dem Atlas zusammengestellt, und da man wirklich hart gearbeitet hatte und Magnifizenz des Zeugnisses wegen zweihundert Schilling dazugelegt hatten, war auch etwas Geld beisammen, so dass man gleich nach dem Ferienbeginn losfahren konnte.

Eigentlich wollte man sich bei dieser Gelegenheit auch die Welt anschauen, denn das meiste war unbekanntes Land, doch der Dichter lockte. Man hatte noch einiges Ungelesene im Rucksack, und das war das schwerste, vom Schlafsack abgesehen. Und dann stellte sich ziemlich bald heraus, dass es äußerst schwierig war, Österreich und die Schweiz mit dem Fahrrad zu entdecken. Nicht dass es schwer war, Quartier zu finden. Überall standen Heuhütten mit frisch gemähtem, duftendem Heu, und zur Vermeidung irgendwelcher Schwierigkeiten suchte man sich immer welche aus, die ziemlich abgelegen waren. Die Bäche waren sauber, und wenn man sich die Zähne putzte, achtete man darauf, dass keine Kühe in der Nähe waren, wegen der Bandwürmer und Blutegel. Doch die Tage waren sehr eintönig: Vier Stunden höchstens konnte man normal fahren, sechs Stunden musste man schieben, und dann ging es kurz und schnell bergab. Schon nach drei Tagen wurde man ungeduldig, denn es gab zwar viel zu sehen, doch am Ende der Reise harrte der Dichter. In der Innsbrucker Schwarzmanderkirche, unter den Augen der alten Bronzehelden, die eigentlich das leere Maximiliangrab bewachen sollten, machte man Kassasturz und nahm sich vor, die schlimmsten Steigungen per Bahn zu überwinden, doch dann musste man feststellen, dass es dort keine Bahnen gab. Man entschloss sich, auf die Güte von Lastautofahrern zu hoffen, die hinten

Platz für das Rad und vorn vielleicht für einen selbst hatten. Und man hatte, ab Landeck zumindest, Glück, denn damals wurden viele Wälder zu Geld gemacht, um zum Wiederaufbau beizutragen, und die Holzlaster waren bei ihrer leeren Bergfahrt gutmütig. Die Tiroler Lastwagenfahrer waren sehr aufgeregt über Hermann Buhl, weil der gerade den Nanga Parbat bestiegen hatte, aber nur mit der pakistanischen Flagge und nicht mit der österreichischen, und das sei doch eigentlich Landesverrat, wo er doch Tiroler sei, und auch in den Wirtshäusern schimpfte man über nichts anderes. Dann kam man auch noch mit der Landkarte und dem Reiseplan durcheinander, und im Engadin, er soll sehr schön gewesen sein, verlor man die Geduld und ärgerte sich auch über sich selbst gewaltig, da auf der anderen Seite des Passes Italien war und man für ein Visum zahlen musste. Wütend ließ man einen See, der sehr berühmt sein sollte, samt Villen links liegen, musste noch über einen Pass, wo einem niemand mitnahm, um wieder in die Schweiz zu kommen, für die man wieder Geld ausgeben musste, kam erschöpft an wieder einem See an, und dort schrieb man die Ankunftskarte an den Dichter.

Nun konnte man Luft holen, doch das hätte man preiswerter irgendwo sonst können. Man lebte von einer Nebengnade der Schweizer Gastronomie, die sich zwar von Haus zu Haus sehr zu unterscheiden vorgab und doch dadurch gleich war, dass auch zur billigsten Suppe – andere lernte man bei der Reise nicht kennen – ein großer Brotkorb gestellt wurde sowie ein hölzernes Ungetüm, das außer Salz und Pfeffer auch eine Maggiflasche enthielt und eine Blechdose mit einem gelben Pulver, das sehr entfernt nach Suppe und allem Möglichen schmeckte. Streute man's auf das Brot und tränkte es nach Zugabe von reichlich Pfeffer mit zwei Spritzern Maggi, schmeckte es nach einer versalzenen Mahlzeit, und manche Saaltöchter, wie die Kellnerinnen dort hießen, stellten einem verständnisvoll noch einen zweiten Brotkorb hin, und das alles war inklusive. Leider, wie man erfahren musste, nicht im Tessin, da dort sogar Mehl eine Kostbarkeit war. Der Dichter wohnte in einem Mo-Ort, von denen es einige geben musste, da jeder befragte Schweizer in eine andere Richtung zeigte und weder Karten noch Wegweiser halfen. Natürlich fand man den Platz dennoch und wartete eine Stunde in der Nähe des Gartentors, ehe man zur vereinbarten Minute läutete.

Eine offensichtliche Haushälterin sah einen etwas irritiert an, und dann sah man, zuerst von ziemlich unten, ein noch misstrauischeres Glitzern der Brille unter dem Strohhut des Dichters. Der blieb, als man auf der Terrasse sich zu setzen gebeten wurde und die Haushälterin hinter einem stand, um die Wohnungstür zu bewachen. Die Sonne brannte, und der Dichter saß im Schatten und sagte nichts. Es dauerte unendlich lange, bis der Dichter fragte: »Was können wir Ihnen bringen?« Nun konnte man selbst nichts sagen, da man sich bemühte, nicht zu stottern. Es war ja erst eine Weile her, dass es einem gelungen war, damit fast aufzuhören, man wusste nicht einmal wie, doch die Angst davor saß noch überall. Dann kam die Haushälterin mit einer kleinen Karaffe Weißwein für den Dichter und einem Glas Milch für einen selbst. Man bedankte sich und schwieg ungemütlich. Endlich sagte der Dichter etwas. »Ich habe Sie älter erwartet.« Man schwieg lange und enttäuscht. Dann sagte der Dichter, er habe einen Studenten erwartet, der an einer Seminararbeit oder Dissertation sitze, aufgrund der

Fragen, die man ihm geschrieben habe. Man hatte sie, vorsichtig gefaltet, in der Hosentasche, erst vor einer halben Stunde aus dem Notizbuch gerissen, das man mit dem übrigen Gepäck in einem Gebüsch versteckt hatte, doch der Dichter sah drein, als würde ihn das gar nicht interessieren. Nach einer Weile begann man: »Sie haben in Siddharta ...«, doch der Dichter hörte nicht zu. Er hatte gesehen, dass die Sonne so auf einen brannte, dass man überall schwitzte, und sagte, man solle seinen Stuhl auch in den Schatten rücken, doch man schwitzte ja nicht nur deshalb. Dann fragte einen der Dichter, wie man Schweizer Schokolade finde, und man war empört. Schon als Kind hatte man sich nichts aus Schokolade gemacht, und später erst recht nicht. Da war man so weit und so mühevoll angereist und nun wurde man vom Dichter wie ein kleiner Junge behandelt. Man sagte nichts mehr, und der Dichter begann von Rosen zu erzählen, und dass sie viel mehr wert seien als die Leute. Er sagte dies sehr bedeutend, doch man hatte auch schon von anderen Leuten gehört, dass sie sich für alles mehr interessierten als für Menschen. Als man dieses zu sagen versuchte, guckte einen der Dichter verärgert an und sagte, man wisse eben noch nichts von der Welt, und er sagte auch »junger Mann«, was man gar nicht gern hörte. Er sei auch einmal jung gewesen, sagte er, und die Welt habe ihm schon damals nicht sonderlich viel bedeutet. Es gebe schließlich Gegebenheiten und Mittel, sie klarer zu sehen als nur mit den Augen, und die würden ebenso von der Philosophie wie der Chemie gestellt.

Man saß schon eine Weile auf der Terrasse, und der Dichter war etwas unruhig geworden. Er war ein alter Herr, sechsundsiebzig, wusste man, und dafür sah er noch ganz gut aus, von der Figur her zumindest, denn sein Gesicht war seltsam kantig und gelb, wie eine gut getrocknete Schweinsblase. Vielleicht aber lag es auch daran, dass er sich auch dem Schatten nur mit Strohhut aussetzte. Er wirkte wie ein Dichtermonument, wie eines, dem man die Werke nicht glaubt, denn die Zeit hatte zwischen sie und den Dichter eine jede Sicht verhindernde Mauer gebaut, auf der das Dichtermonument thronte, gen Himmel schauend, auf sonst nichts mehr, und dadurch nichts zeigend.

Während der junge Mann das dachte, machte sich der Dichter an einer neben ihm stehenden Schachtel zu schaffen, aus der er einen Riemen, eine Pravazspritze und eine Apothekenphiole holte. Der Junge sah alles mit rasant zunehmender Langeweile, denn er kannte, was der Dichter »sans gêne« zelebrierte, von der Apothekerin seiner Kindheit und anderen Honoratioren, und er hatte gelernt, was Morphinisten waren. Das Dichtermonument stürzte nicht von seinem Sockel, da einen der Dichter nicht mehr, sondern plötzlich Ebenen ohne jede Erhebung interessierten. »Das hilft wirklich«, sagte der Dichter, als er von seiner Arbeit kurz hochsah und das befremdete Gesicht des jungen Pilgers sah, doch der dachte nur, dass er das auch schon oft gehört hatte. Er sah das Aufblühen des Gesichts, sah den Dichter in den späten Nachmittag schauen, und was der sah, interessierte den so, dass er kaum bemerkte, dass man sich verabschiedete. Er sagte zwar etwas von Wiederkommen, doch das hörte man schon nicht mehr.

Man sah auch nicht mehr zurück, denn unten beim Gepäck stand ein Mann, und der wollte einem erst glauben, dass es einem gehörte, als man den Pass daraus gekramt hatte. Dann meinte er in einer schwer verständlichen Sprache, er habe das Zeug bewacht, denn es hätte ja gestohlen werden können, obwohl hier noch nie etwas gestohlen worden sei, aber man solle da nicht so sicher sein, denn es könnte ja einmal was gestohlen werden. Schnell verließ man diesen Ort des Grauens, was leicht ging, da der Weg bergab führte. Erst nach einer Weile hielt man an einer Kurve, schob das Fahrrad ins Gebüsch, suchte sich einen uneinsehbaren Platz mit Aussicht, dachte lange nach und drehte sich eine Zigarette mit aus Wien mitgebrachtem Vorrat. Dabei fand man den Fragezettel wieder und benutzte ihn umständlich als Fidibus.

Erst jetzt sah der junge Mann die Landschaft, die vorgab, die schönste eines sommerlichen Tessiner Spätnachmittags zu sein. Unter und um ihn waren die Sommerhäuser der reichen Schweizer, mit ostentativer Sparsamkeit im kantigen Stil der dreißiger Jahre hingeklotzt, und wuchernde Pflanzen taten ihr Bestes, sie zu verstecken. Über ihm wurde ein unsichtbarer, wild kläffender Hund Gassi geführt, und zwei, drei Hunde in der Nähe ließen sich davon provozieren. Er hörte zu, räumte sein Interesse am Buddhismus weit nach hinten und erging sich in der allgemeinen Naturphilosophie seiner sechzehn Jahre. Dann onanierte er.

Natürlich war die Rückfahrt zunächst etwas deprimierend, doch man hatte sich ohnedies einen anderen Weg vorgenommen, da man einen Roman von John Knittel gelesen und Magnifizenz eine Kirche am Hinterrhein erwähnt hatten, auf deren Holzdecke sich ein ganzer mittelalterlicher Phantasiezoo samt Bibel tummeln sollte. Einfach war der Weg nicht, doch man hatte sich schon damit abgefunden, dass die Schweiz ein bergiges Land war, und bis Splügen hatte man sein Rad auf das Dach eines Busses verstaut. Die

Via-Mala-Schlucht war auch wirklich sehr aufregend und sehenswert, doch man hatte vergessen, sich vorher etwas zu essen zu besorgen und hatte die ganze Zeit Hunger. Bei der Kirche war glücklicherweise ein Wirt, zwar nicht billig, doch er hatte auch die Schlüssel zur Kirche. Als man in sie hineinging, war man zunächst enttäuscht. Die Decke war zwar sehr bunt, doch alles war für den Pfarrer gemacht, denn nur der konnte die Malereien richtig sehen, und sonst war die Kirche auf Schweizer Art ganz ausgeräumt und schrecklich sauber. Die Decke aber interessierte, und man rauchte auf dem Friedhof noch eine kleine Zigarette, ehe man wieder hineinging. Die Bilder waren auf Bretter gemalt wie bei einem Bauernschrank, aber viel älter und in der Art, wie er illustrierte Bücher im Kloster gesehen hatte, das nun schon lange her war. Die in der Mitte waren etwas fade, da jede Menge Bibel, doch am Rand war das Weltmeer voller Fabeltiere in quadratischen Feldern. Oben waren sie phantasiert, und unten hatten sie Fischschwänze, die auch oft phantastisch waren. Manche spielten Instrumente, und eine Seejungfrau hatte ihren Schwanz zu einer Harfe ausgebaut. Ein Seebär ritt auf einem Seedrachen, und ein Seehund fraß einen Seevogel; eine Sirene fütterte einen Seehirsch, ein weiterer Seebär trug eine gegrillte Jungfrau am Spieß, ein Seefuchs wurde von einer Seeschlange gewürgt, Meerelefanten, Seehammel und Meereinhorn gab es auch, und ein Seewolf biss einen Seehirsch in den Schwanz. Manches war nicht mehr sehr gut zu sehen, da die Schweizer immer alles waschen müssen, doch man blieb in der Kirche, bis andere Leute kamen und einen Sarg hineintrugen, da noch ein Begräbnis anstand, und da hatte man ein steifes Genick und war etwas schwindlig. Als dann Graubündner mit dicken schwarzen Anzügen kamen, fuhr man schnell weiter. Sie waren zwar Schweizer und deshalb nicht sehr gefährlich, aber man dachte doch, dass ihre Übermacht etwas Bedrohliches habe, da sie auch noch Rätoromanisch sprachen, wie man gelernt hatte, und radelte los. Nach einer Weile wurde auf einem Wegweiser die Via Mala angekündigt, und man hatte doch gedacht, man habe sie schon durchfahren, doch das war der Splügenpass gewesen. Und nun war sie wirklich und viel romantischer als die Nicht-Via-Mala, doch dann, kurz bevor es wirklich dunkel wurde, brach eine ägyptische Finsternis aus und ein Donnerwetter, wie man es noch nie erlebt hatte. Man hatte sein Regenzeug noch gar nicht ausgepackt, als schon alles klatschnass war. Es gab auch nichts zum Sich-Unterstellen, und zweimal wurde man vom Rad geblasen. Man übernachtete sehr nass unter einer Brücke, bibberte, bis es halbwegs hell wurde, hatte keine Lust mehr auf Natur und war ganz verrotzt und erkältet, als man in Chur ankam. Das Geld reichte, das Rad auf die Bahn zu verladen, und man kam eine gute Woche früher in Wien an, als man vorgehabt hatte.

Das war eigentlich auch gut, denn Magnifizenz hatten eine Wohnung gefunden, zweieinhalb Zimmer, allerbeste Lage und fast umsonst. Direkt am Stephansplatz, also Ecke Brandstätte/Rotenturmstraße. Das war einmal eine Firmenniederlassung von Philips gewesen und nannte sich deshalb Palais, doch ganz hinten war ein Stück stehen geblieben, im Hochparterre, wie man in Wien den ersten Stock nennt, denn der Wiener erste Stock war aus Steuergründen noch viel höher, über dem Mezzanin, aber den gab es hier nicht mehr, dafür viele Birken, die auf den Trümmern des Vorderhauses wuchsen. In einem Jahr sollte alles abgerissen werden, doch bis dahin könne man in der Restwohnung hausen, da sie trocken sei und sogar noch Elektrizität und Wasser habe und sogar ein Klo. Davor hatte ein Alkoholiker darin gewohnt und alles richtig versaut, doch anstreichen lohnte nicht mehr, und es war ein Glück, dass er rechtzeitig gestorben war und nicht noch mehr ruinieren konnte. Da man nichts hatte, bekam man das Feldbett von der Akademie, außerdem ein paar alte Möbel, und der Umzug war in zwei Stunden erledigt, da einige Künstler halfen. Dann saß man in seiner ersten eigenen Wohnung und fühlte sich unbehaglich. Sie war ja, was man eine sturmfreie Bude nannte und wonach sich alle sehnten, doch es war einem auch klar, dass man für das Wetter selbst verantwortlich war, und dass es genügend Leute gab, die genau beobachten würden, ob man auf die Schnauze falle, denn das zu bemerken war in Wien immer schon ein großes Vergnügen. Man hasste die Leute dafür, und gerade deshalb musste man äußerst vorsichtig sein und alles vermeiden, was ihrem Affen Zucker geben könnte. Das eine Zimmer hatte einen recht schrägen Boden, und das Fenster ließ sich auch nicht öffnen, da in der Wand große Risse waren. Das andere Zimmer, wohin man sein Bett gestellt hatte, konnte man sogar heizen, denn dort war ein ziemlicher Kachelofen, der vom Flur zu bedienen war wie bei den Großeltern. An Brennholz herrschte kein Mangel, da derzeit viele Bombenruinen abgerissen wurden, und man ging noch einmal auf die Akademie und organisierte eine Säge und eine Axt. Dann rauchte man und dachte über die Zukunft nach. Da es aber im Sommer nicht so schnell Abend wird, ging man noch in den Göttweiger Keller, setzte sich in die Einfahrt und nahm eine saure Wurst mit Bier, weil es dort preiswert war. Dann hatte man eine geniale Idee, erwischte noch den Elektriker in der Rauhensteingasse, als der eben seinen Laden zusperren wollte, und kaufte eine alte Klingel, etliche Meter Kabel und eine Taschenlampenbatterie. Daraus bastelte man am nächsten Tag, wie man in Physik gelernt hatte, eine Türklingel und fühlte sich nun, mit einem ebenfalls schnell gemachten Namensschild, der neuen, feinen Adresse würdig: Brandstätte 2/Rotenturmstraße 1, auch wenn's nur ein Ruinenteil war.

Man hatte, eigentlich der Klingel wegen, was man natürlich nicht sagte, einige Bekannte zu sich eingeladen, was nicht ganz einfach war, denn Wiener trafen sich damals lieber im Kaffeehaus und gingen nur ungern in andere Wohnungen. Doch alle klopften nur an die Tür oder machten sie gleich auf, da sie nur von außen mit einem Vorhangschloss zuzusperren war. Aber dann läutete es einmal doch, zwei Tage vor Schulanfang, und man erschrak sehr, denn vor der Tür stand Herr Mandi und grinste: »Da residierst also.« Herr Mandi war Großvaters Faktotum, und man konnte ihn eigentlich sehr gut leiden, aber er wollte nicht hereinkommen, sondern gab einem nur ein kleines Couvert. Drin war eine Visitenkarte des Großvaters, und auf der Rückseite stand in seiner Handschrift der morgige Tag und »15 Uhr – Café Eiles«. »Geht in Ordnung?« fragte Herr Mandi und war gegangen, ehe man sich von dem Schreck erholen konnte. Man hatte den Großvater zweieinhalb Jahre nicht gesehen und auch nichts von ihm gehört. Nun war man entsprechend nervös. Glücklicherweise hatte man noch Waschpulver im Haus und sich vor der Sommerreise ein neues Hemd gekauft, das man zwar nicht mochte, weil es so am Körper klebte und man drin sehr schwitzte, das jedoch leicht zu waschen war und nicht gebügelt werden musste, weshalb man das Ding auch gekauft hatte, da man nur ein kleines Waschbecken und kaltes Wasser hatte. Man schlief in der Nacht sehr schlecht, wachte ständig auf und hatte am Morgen Durchfall.

Der Tag war wenigstens schön, aber nicht für einen, und man war schon eine halbe Stunde vor dem Termin in der Nähe des Landesgerichts, wo auch das Café war. Das »Graue Haus«, wie die Wiener das Gericht nannten, um es nicht beim Namen nennen zu müssen, war ein riesiger Klotz Kaiserzeit, und man hatte einen gelegentlich schon dorthin gewünscht, weshalb man sich die Zellenfenster des Untersuchungsgefängnisses auch genau anschaute. In einer versteckten Ecke dahinter war das Bäckerkreuz, eine Erinnerung an die Pest, mit der man nichts anfangen konnte, und genau fünf Minuten vor dem Termin kam man in das Café. Großvater saß in der großen Eckloge mit der Polsterung, und er saß so, dass man sich, um ihm gegenüber sitzen zu können, auf den Stuhl setzen musste. Sowas war typisch für ihn, und typisch war auch der große Braune mit dem Slibowitz, der hier in Likörschalen serviert wurde. Er rauchte eine Virginia, obwohl er schon neunundachtzig war, sein Stock lehnte neben ihm, und er sah den Jungen sehr lange an, ehe er mit einer winzigen Bewegung zeigte, dass der sich setzen könne.

»Er hat wahrscheinlich viel zu erzählen«, sagte er nach einer sehr langen Weile, als der für einen bestellte Kaffee schon abgekühlt war. Man musste also erzählen und sich sehr zusammenreißen, dass man nicht stotterte, obwohl das seit einiger Zeit sehr viel seltener geschah. Großvater schwieg und hörte zu. Manchmal sah er etwas ungeduldig drein, und dann musste man schnell das Thema wechseln, manchmal guckte er in die Luft, als würde er über etwas anderes nachdenken, und dann musste man auch schnell von etwas anderem reden und dachte, dass es verdammt schwierig sei, den uralten Herrn zu unterhalten, der nur schwieg und nichts sagte. Und als man alles erzählt hatte, schwieg Großvater noch furchtbar lange und blies Rauch in die Luft. Dann bestellte er noch einen Slibowitz, und als er den sorgfältig getrunken hatte, sagte er: »Ich könnterte dich ja verstehen.« Er sagte »könnterte«, seinen allerkleinsten Konjunktiv, und dann schwieg er wieder lange. Nach noch einem Kaffee und einem Slibo meinte er dann, man hätte ja viel ärger verkommen können, aber man habe ja etwas von dem behalten, was man ihm … nein, eher die Großmutter als er selbst … beigebracht habe. Nun ja, von den Kuttenbrunzern habe er nichts anderes erwartet, und dass man mit der Mutter nicht reden könne, habe er befürchtet, da er es auch nie gekonnt habe, aber das gehe eigentlich auch niemanden etwas an. Und dann erlaubte er, ihn etwas zu fragen. Natürlich fragte man, warum man einen gefunden habe. Großvater lächelte und sagte, in der Welt gehe nichts ganz verloren. Und dann erzählte er, dass er Magnifizenz als jungen Künstler, gleich nach dem Ersten Weltkrieg, kennen gelernt habe, da junge Künstler nie Geld hätten. Ja, und als man in der Akademie aufgetaucht sei, habe sich Magnifizenz mit ihm in Verbindung gesetzt, nun ja, und man habe entschieden, den Jungen in freier Wildbahn zu belassen, nun ja, gewissermaßen an der langen Leine. Und er habe ja, nun ja, wenigstens nicht schlecht getan. Mutter allerdings wolle nichts von einem wissen und sei immer noch sehr zornig. Dann sagte er noch, dass er jetzt gehen und keine Begleitung haben wolle, sich aber wieder einmal melden werde. Man solle ordentlich weitermachen, und er werde sich schon wieder melden. Dann zahlte er, legte ein Couvert auf den Tisch, und man begleitete ihn an die Tür. In dem Umschlag waren fünfhundert Schilling, ein kleines Vermögen, und man bestellte vor lauter Freude auch für sich einen Slibowitz.

Am Abend, nach einer Zigarette, sah er die Welt wieder ganz anders und fühlte sich wie ein Pantoffeltierchen im Mikroskop. Nicht nur als Kind war er also von allen möglichen Spionen umgeben gewesen, sondern auch, nachdem er sich für die Freiheit entschieden hatte. Und von Magnifizenz hatte er solche Heimlichkeit am wenigsten erwartet. Der war zwar vierundzwanzig Jahre jünger als Großvater, doch auch schon ein alter Herr, und man fand, dass sich derlei für einen nicht gehörte. Andererseits hatten Magnifizenz immer einen Hang zu Hinterlistigkeiten, die er »pädagogische Späßchen« nannte. So hatte er sich eine Schwerhörigkeit zugelegt, die aber nie ganz stimmte. Damit wollte er die Leute nur dazu zwingen, präzise und knapp zu sprechen, »vor dem Reden zu denken«, wie er es nannte. Und manchmal tat er auch, als würde er Falsches verstehen. Da hatten, als die Diplome schon sicher waren, also im Juni, die Künstler einer Klasse ihre überflüssigen Arbeiten zu einem Autodafé geschichtet. Der Pedell rannte in das Rektorat und meldete das Feuer, »auf dem Holzboden!!!« Magnifizenz aber sagten nach einer langen Bedenkzeit: »Warum? Ist ihnen denn kalt?« Der Pedell erzählte es überall herum und meinte, Magnifizenz seien gaga, doch Magnifizenz sagten, er habe den Studenten, der Akademie und vor allem sich ein Disziplinarverfahren ersparen wollen. Eigentlich hätte man wissen müssen, dass er oft hinterlistig dachte, doch auf diese

Idee war man nicht gekommen, weil ja bislang alles gutgegangen war. Natürlich machte man Magnifizenz bei nächster Gelegenheit Vorwürfe wegen dieser Hinterlist, doch Magnifizenz sagten, ohne die sei doch gar nicht möglich gewesen, das Ganze ohne fürchterlichen Wickel mit den Behörden und anderem zu arrangieren, und das musste man schlucken.

Andererseits: Wo war dann die Grenze zur Normalität, wie sie sonst hier hauste? An der störte am meisten, dass alle Leute zu jeweils allen sagten, sie würden es gut mit ihnen meinen, um sie grinsend vernichten zu können. Man musste »fesch sein«, also immer locker über alles Bescheid wissend spielen, bis man das Opfer umgarnt hatte wie eine Spinne, nein, nicht wie eine Spinne, denn die stach vorher zu, um ihr Opfer zu lähmen. Für Wiener aber gehörte es sich, jemanden einzuwickeln und ihm das süße Gift der Bestätigung und Bestärkung ins Ohr zu träufeln, bis er eingewickelt war, um dann aus der Distanz, die man natürlich immer geleugnet hatte, die Wickel zu beobachten, also die Entfesselungsversuche und Stürze. Die Begriffe waren genau: Es wurde einem der Gesichtskreis der Wirklichkeit so fest zugebunden, dass man es für eine medizinische Bandage hielt, bis man eingewickelt war wie eine Mumie. Das merkten die meisten erst, wenn sie gefallen waren und zum großen Gaudium selbst daran schuld, doch auch wenn sie es noch davor merkten, war es überhaupt nicht leicht, sich aus den süßen, gewohnt gewordenen Bindungen zu befreien. Solche Windungen zu beobachten war schon ewig die größte Wiener Vergnügung, von den Panes et Circenses der Römer für die Kelten, den mittelalterlichen Hinrichtungsfesten bis zum barocken Hetztheater, wo man in Erdberg Tiere aufeinander hetzte. Und »eine Hetz« ist in Wien immer noch das normalste, unschuldigste Vergnügen. Man hatte Magnifizenz gefragt, ob sich er und Großvater eine Hetz gemacht hätten, und darauf hatten sie gemeint: »Ein bisserl braucht man doch immer.« War es das, oder sollte man wissen, dass in allem alles ist? Dann war das vielleicht ein »pädagogisches Späßchen«, aber doch eine Gemeinheit, wie es schon für das Kind eine Gemeinheit war, wenn man ihm sagte: »Ich weiß etwas, was du nicht weißt.« Noch viel gemeiner aber war, wenn der Satz weiterging: »Du weißt nicht, dass ich es weiß, aber wenn ich das sage, dann …!« Zwischen diesen Gemeinheiten fand man sich nun wieder, also irgendwo zwischen ihren Abschüssigkeiten, und das sollte das Leben sein? Eigentlich war das widerlich. Da konnte man noch so erwachsen werden, und immer war man wieder kindisch.

Bald aber vergaß man diesen Ärger auch, denn es war etwas sehr Aufregendes geschehen. Sie war in der Parallelklasse und hieß Gudrun. Man kannte sie schon eine Weile und hatte sich öfter unterhalten, da man sich gut verstand. Ihr Vater war zwar nicht aufgehängt worden, sondern vor ein paar Jahren aus Russland zurückgekommen, aber Gudrun hielt ihn für einen Versager, und mit ihrer Mutter verstand sie sich auch nicht, was normal war, da die sie dauernd bemutterte. Sie hatte es auch schon mit einem alten Typen versucht, weil sie herausbekommen wollte, ob ihr Vater vielleicht doch etwas wert sei, und so war man in die Bude des Jungen gekommen. Man war natürlich aufgeregt und sicherlich auch ungeschickt, da man ja so eigentlich keine Erfahrungen hatte und nur gehört, wie man es richtig mache, doch das waren alles männliche Angebereien. Man hatte natürlich das Kamasutra gelesen und den Scheich Nefzaui, doch man war ja auch nicht so ein Sportler, wie man dabei hätte sein müssen, und vieles hätte Verrenkungen bewirkt. Gudrun aber war großartig und half einem über alle Verlegenheiten hinweg, da sie glücklicherweise nie ernsthaft war, auch wenn es um Sentimentalität oder Pathos ging. Es war dann plötzlich wunderbar. Sie bestand auf »der berühmten Zigarette danach«, da man ihr ja schon einige Male etwas verkauft hatte, und als sie dann auf einen großen Schwarzen ins Hawelka gegangen waren, sagte sie, es solle niemand und um Himmels willen erst recht nicht in der Schule jemand etwas mitbekommen, denn Tratsch sei ebenso ein Tod der Liebe wie Gelächter. Und man hatte ja auch schon Verliebte auf den Straßen gesehen, wie sie umarmt dastanden und fürchterlich unglücklich aussahen. Wie Kälber beim Schlachter.

Dann kam wieder einmal der Großvater nach Wien. Es sei wegen des kommenden Weihnachtsgeschäfts, sagte Herr Mandi, der die Karte brachte, und auf ihr stand kein Kaffeehaus, sondern eine Wohnung am Anfang der Josefstadt. Es stand nur die Türnummer über der Klingel, und eine alte Dame öffnete. Sie hatte die Haare hochgesteckt wie Großmutter, und im Salon saß Großvater in einem riesigen schwarzen Lederfauteuil. Sie hieß Frau Sadlo und war die erste Zahnärztin der Monarchie gewesen. Während sie Tee machte und man Großvater die Zwischenzeit erzählte – Gudrun natürlich nicht –, sah man sich im Zimmer um. Frau Sadlos Mann musste ein sehr dominanter Herr gewesen sein, denn außer einem sehr schön gemalten Akt war nichts Weibliches im Salon, und Bücher hatte er offensichtlich auch nicht gemocht. Die Tassen klirrten leise, als Frau Sadlo den Tee brachte und Slibowitz für den Großvater, und Großvater fragte nicht um Erlaubnis, als er seine Virginia anzündete. Diesmal hatte man sich nicht sehr viel zu sagen und durfte bald gehen. In der Garderobe lag auf dem Hut ein Couvert mit Großvaters Handschrift, und man fühlte, dass drin Geld war. Man fand es gut, dass es Großvater gab, und als man auf der Straße die Fenster hochsah, deren Vorhänge zugezogen waren, fühlte man sich geehrt, dass er einen zum Besuch bei einer Bekannten mitgenommen hatte. Am zweiten Advent wurde man wieder eingeladen, wieder in diese Wohnung, aber diesmal war die Dame des Hauses eine andere. Sie war zwar auch schon uralt und sah Frau Sadlo sogar ähnlich, da sie auch ein langes schwarzes Kleid und die Haare hochgesteckt hatte, doch sie hieß Luise Reich. Großvater bemerkte, dass man etwas irritiert war, und während Frau Reich Tee machte, sagte er, das sei seine eigene Wohnung, sein pied à terre, und die habe er schon seit über fünfzig Jahren, und die beiden Damen seien seine Freundinnen, etwa auch schon so lange. Eigentlich schon etwas länger, denn er habe die Wohnung gekauft, um sie unauffällig treffen zu können. Dann erzählte er eine Geschichte vom bon roi Henri, dessen Kaplan ihn wegen seiner Freundinnen bezankte, bis der König fragte, was er am liebsten esse. Es waren Rebhühner, und die bekam er wochenlang serviert und nichts anderes, bis er entsetzt aufschrie, dass man doch nicht jeden Tag Rebhühner essen könne. Er amüsierte sich über das Gesicht des Jungen und meinte, dass er das auch sehr bald verstehen werde.

Nein, das wollte man nicht verstehen, auch wenn man wusste, dass es das gab. Manchmal hatten sich Männer frische Frauen zugelegt, manchmal auch Frauen neue Männer, das aber nur am Land, weil dort die Frauen stärker waren, und dann gab es auch komische Geschichten, wo Männer unvorhergesehen aus dem Krieg zurückgekommen waren und sich nun dem unterordneten, der dazwischen ihr Bett warmgehalten hatte. Doch auch das ging manchmal umgekehrt, und insgesamt war es unordentlich. Man hatte ja gelernt, dass der Mensch einen freien Willen hatte, der ihn vom Tier unterscheide, und auch Treue war eine Sache des freien Willens. Und so wie sich Großvater aus freiem Willen entschlossen hatte, der Großmutter zumindest zeitweise untreu zu sein, warf man seinen gesamten freien Willen auf die Tugend der Treue, schon weil man der Ansicht war, dass dies einfacher sei. Man versuchte, das dem Großvater zu sagen, doch der lachte einen aus, und man fühlte sich gekränkt. Man konnte mit Großvater einfach nicht diskutieren.

Nach einer Weile kam Frau Reich wieder in den Raum. Sie hatte sich umgekleidet, sah wieder unauffällig elegant aus und sagte, sie müsse jetzt wieder zu ihrem Mann. Großvater ging ans Fenster und öffnete kurz den Vorhang, als wolle er hinaussehen. Dann schloss er ihn wieder und sagte, er werde Luiserl begleiten, für einen selbst liege auf dem Flur eine Art Weihnachtscouvert. Dann half er Frau Reich in den Mantel, und da hörte man auch schon Herrn Mandi läuten. Man zog sich schnell an, verstaute das Couvert sorgfältig – es fühlte sich dick an – und ging mit vor das Haus, wo Herr Mandi am Schlag des schon gestarteten Wagens wartete. Auf dem Heimweg durch das nieselige Wien befühlte man einige Male das Couvert, nahm sich aber vor, es erst zu Weihnachten aufzubrechen, und außerdem, dass man Großvater als Vorbild eigentlich nicht akzeptieren könne.

Das mit Vorbildern war ohnedies so eine Sache. Man sollte welche haben und sie sich sogar aussuchen, doch wenn man das hatte, merkte man schnell, dass sie eigentlich krümelige Angelegenheiten waren und dort, wo man auf ihre Festigkeit gehofft hatte, oft schon modrig und zersetzt. Magnifizenz, der ja nun keine mehr war, sondern im Ruhestand, meinten, das sei gut so, denn sonst könne man leicht von Vorbildern erschlagen werden. Man solle das Wort einfach so nehmen, wie es sei: als Bilder, die man sich gelegentlich ansehe, um gleich nach dem Sujet die jene Effekte bewirkende Malstruktur zu betrachten, die man aber auf keinen Fall ernst nehmen dürfe, da sie sonst Kulissen würden, in denen man herumirre wie ein Idiot, der, ohne es zu wissen, auf eine Bühne geraten sei und nun, was er sehe, für Wirklichkeit nehme. Man könne auch an Bettwäsche denken, die man im Grunde auch brauche, obwohl sie nicht unbedingt nötig sei, die man aber immer lüften und, falls sie durchgelegen sei, erneuern müsse.

War das wieder viel zu denken, wo man doch selbst die ganze Zeit dachte! Natürlich wusste man auch, dass dieser Gedanke die bequemste Ausrede dafür war, eigentlich nicht denken zu wollen, sondern eher gedacht zu werden, sich also in die nächste Fährnis treiben zu lassen, doch dann würde man ja schon weitersehen, älter und damit erwachsener geworden, also für jeden Fall besser gerüstet.

Die Politiker in Österreich machten es auch nicht anders. Dass sie sich nicht leiden konnten, war verständlich, obwohl sie daraus ein großes Geheimnis machten. Es war ja noch keine zwanzig Jahre her, dass sie miteinander Bürgerkrieg hatten. Die Sozis verloren ihn, und einige flohen. Die Hahnenschwanzler gewannen, doch als Hitler kam, steckte er sie samt den übrig gebliebenen Sozis nach Dachau, und dort geschah, was man gerne »das österreichische Wunder« nannte. Sie begannen, über die Blechnäpfe hinweg, miteinander zu reden, und als sie dann Österreich wieder übernommen hatten, waren sie sich auch darin einig, keinen Emigranten wieder aufkommen zu lassen. Zwar kam Rüdiger Fürst Starhemberg, der einmal die Heimwehr angeführt hatte, aus Argentinien wieder, aber nur, um auch noch seinen Ruf als Homerl loszuwerden und deshalb in einem Puff zu sterben.

Nun aber ging es bei den Schwarzen darum, wie sehr man von der Vergangenheit bekleckert sein durfte, um wieder modern zu sein, und da hatte man lieber die größeren Böcke, denn die waren ja deshalb auch die ehrlicheren. Und plötzlich war Julius Raab Bundeskanzler und Leopold Figl Außenminister. Manche Leute rümpften die Nase, da er eine Vergangenheit hatte, doch Herr Raab hatte auch einen Trick: In welches Lokal er auch immer kam, er bestellte stets eine Knackwurst, und wenn ihm das dazugelegte Messer nicht scharf genug war, holte er aus seiner Hosentasche einen ganz ordinären Taschenfeitel. Da eine Knackwurst das Billigste war und deshalb Beamtenforelle hieß, wurde Herr Raab zum Österreicher aller, und man war sicher, dass er so auch den Staatsvertrag bekommen würde, um den es schon so lange ging.

Der junge Mann kümmerte sich nicht sehr um Politik. Sie interessierte ihn eigentlich kaum, da er sie nur für eine Art G'schaftelhuberei hielt, und das war so von den Kummerln bis zum Verband der Unabhängigen, wo die alten Nazis angaben. Bei den Schwarzen und den Sozis, die ja an der

Krippe der Regierung saßen, war es noch schlimmer, und außerdem hatte man andere Sorgen. Im Frühjahr sollte das Zuhause weggeräumt werden, weil die Stadt eine Ruine in der Mitte nicht mehr schön fand, und jetzt musste man ein neues suchen. Etliche Tage stromerte man durch die Stadt und redete sich den Mund in Fransen, und dann hatte man etwas gefunden, sehr verrückt, also ganz ausgefallen und so asketisch, dass es eigentlich keine Steigerung mehr gab: Hinter der Kirche Am Hof, zwischen die Strebepfeiler ihres Chores geklebt, war eine winzige Hütte ohne Wasser und mit einem Elektrostecker. Sie gehörte dem Uhrenhändler gegenüber, und der hatte im Winter da drin seine Kohlen gelagert. Es war ein ganz schmales Trapez, knapp einen Meter breit und etwa vier lang, zwei kleine Fenster und eine Tür mit Läden davor und vor allem nicht beheizbar. Das fand man gut, denn das Heizen hatte im Winter wirklich viel Arbeit gemacht. Das Zimmer in der Ruine wurde einfach nicht warm, und dabei hatte man den ganzen Sommer Holz von Abrisshäusern gesammelt, bevor es andere Leute finden konnten, und da man den Kohlenkeller der Schule kannte, hatte man auch etliche Säcke Kohle. Doch das alles half nicht, da es überall hereinzog, und schon im Februar hatte man mit der Axt durchs Haus gehen müssen, aber die Reste des Treppenhauses brachten auch nicht viel. Man nahm sich also einen kleinen, zugfreien Raum vor, in dem man sich winters durch den eigenen Mief wärmen könne. Außerdem kam nun bald der Frühling, und das verringerte Probleme ohnedies. Beim Umzug allerdings gab es einige kleine. Das Bett musste am Fußende zurechtgehobelt werden, da es dort nicht breit genug war, und der Schreibtisch passte überhaupt nicht hinein. Er wurde seines Unterleibs entledigt, angepasst, und der Rest kam hoch an die Wand, von der man ihn mit einem Seil auf die Reste des Betts herunterlassen konnte. Der Stuhl aber hatte gerade noch Platz, und sogar der Kleiderschrank passte bis auf seine rechte Wand, die durch Krampen und Winkeleisen ersetzt wurde. Das machte es zwar umständlich, seine Tür zu öffnen und auch die des Raumes, doch damit musste man leben.

Die hygienische Lage, wie das damals hieß, war nicht sehr einfach. Glücklicherweise war in der Gasse, die man fast einsehen konnte, die Gösser Bierklinik, und die hatte ihr Klo in der Einfahrt, wie es sich für Wien gehörte, aber man durfte sich nicht erwischen lassen, wenn man dorthin ging, denn der Hausknecht passte scharf darauf auf. Wasser war weniger schwierig, denn ziemlich gleich rechts von der Bude war ein Hydrant, und an kaltes Wasser war man ja gewohnt. Gegenüber aber war das Collalto-Palais, und im ersten Stockwerk mit dem Balkon wohnten zwei alte Damen, die sich immer aufregten, wenn man sich wusch. Man fand das komisch und blöde, denn man war ja auch nackt geboren, und deshalb wusch man sich extra so, dass sie ganz außer sich gerieten und richtig gackerten. Manchmal hatte man noch eine andere Zuschauerin. Sie war auch schon sehr alt und hatte drei Köter, die sie Greyhounds nannte. Sie regte sich nicht darüber auf, dass man da splitternackt herumtanzte, und führte ihre Hunde immer Gassi, wenn man sich wusch. Sie freute sich über die Aufregung der alten Weiber, die anscheinend Nachbarinnen waren und die sie deshalb nicht leiden konnte, und so redete sie viel mit dem Jungen und guckte ihn an, während ihre Hunde an das Mobiliar pinkelten. Das Mobiliar waren sechs Klappstühle, die man in den Schanigärten von Gasthäusern gefunden und von weit herbeigeschleppt hatte, und die nun neben der Hütte in einer Nische standen, in der auch das Baumaterial der Kirche gelagert wurde. Man konnte sie bei gutem Wetter auf das Pflaster stellen, bis aus den Fenstern der Häuser drumherum gebrüllt wurde, und die Hundepisse störte, wenn auch nur wenig. Alle Bekannten beneideten einen um diese großartige Wohnung im Nichts; nur der Uhrenhändler sagte, er habe sich das weniger wild vorgestellt, und Gudrun bestand darauf, dass man Zeitungen an die Fenster klebte, wenn sie da war. Im Übrigen war Gudrun wunderbar, und die Kräche mit ihrer Mutter steckte sie einfach weg, wie auch die in der Schule, denn einige Lehrer hatten etwas mitbekommen, da ja überall fürchterlich viel getratscht wurde. Niemand gönnte jemandem etwas, obwohl alle nur sehr wenig hatten, doch die Leute sagten, daran zeige sich die Verbesserung gegenüber der direkten Nachkriegszeit.

Deshalb hatte man auch Ärger in der Schule, und der Anlass war einfach lachhaft. Den Winter über hatte man sich die Haare wachsen lassen, so dass sie nun schön über den Hemdkragen gingen und man sich mit viel Brillantine einen wunderschönen Schlurf zurechtfrisieren konnte. Herrn Fuchsreif aber gefiel das gar nicht, und er war der Klassenvorstand. Eines Tages, kurz vor den Sommerferien, sagte er, wenn man sich nicht die Haare schneiden lasse, dürfe man nicht mehr in die Schule gehen. Das war einfach eine gemeine Schikane, und man ärgerte sich darüber, denn viele Mitschüler beneideten einen wegen der Haare. Man kannte noch aus der Ruinenzeit einen Friseur, der in einem eigentlich feinen Laden bei der Stefanskirche arbeitete. Wie viele Friseure war er ein Homerl, aber nicht lästig, da er einen in Ruhe ließ, und man hatte ihm schon öfter etwas Haschisch verkauft. Nun schnitt er einem die Haare stoppelkurz, bleichte sie mit Wasserstoffsuperoxyd und färbte sie mit Lebensmittelfarbe spinatgrün. Alle Leute wunderten sich, aber Herr Fuchsreif geriet in eine wahre Ekstase. Zunächst schnappte er lange nach Luft, und dann schmiss er einen von der Schule. Da er das nicht allein konnte, wurde für den nächsten Tag ein Consilium abeundi bestimmt, aber derlei kannte man ja noch vom Internat. Mulmig war einem schon, und so ging man am Morgen ins Café Museum, wo Magnifizenz i.R. immer frühstückten. Auch er staunte über die neue Frisur, doch dann sagte er, da müsse er wohl mit dem Lehrkörper reden. Am Nachmittag hatte man sich die Haare gewaschen, und sie sahen nur mehr ganz zartgrün aus, und die Lehrer tuschelten, weil Magnifizenz in der Schule war und so ein berühmter Mann. Magnifizenz sahen auch wirklich bedeutend drein und sagten, das kreative Potential sei die entscheidende Kraft der Jugend und dürfe keinesfalls beschnitten werden. Und dann sagte man, Herr Fuchsreif habe einem lediglich befohlen, die Haare schneiden zu lassen, und sie färben habe er keinesfalls verboten, und als die Lehrer dann wieder grantig wurden, sagten Magnifizenz, das Ganze sei doch ein sehr kurzer Scherz, und es sei absurd, einen dafür so lange zu strafen, wie es auch absurd sei, den Jungen zwingen zu wollen, seine Haare wieder in den natürlichen Farbton zu färben, da es keinen natürlichen gebe und die Natur die Sache schon wieder in Ordnung bringen werde. So redete er den Lehrkörper nieder, und man durfte in der Schule bleiben, gnadenhalber, wie Herr Fuchsreif sagte. Beim Abschied sagten Magnifizenz dem Jungen, fünfhundertprozentige Übertreibungen seien für junge Menschen charakteristisch, und erwachsen werden sei, das allmählich zu vergessen, und in seiner Amnesie halte man das für Vernunft. Eigentlich sollte man wissen, dass es die in objektivem Sinne nicht gebe, doch das sei wie bei allen Religionen, und Pfaffen gebe es auch da genug. Und Herr Fuchsreif sagte, man versaue die ganze Klasse mit seiner Moral, seinem Benehmen und seinem Haschisch. Das Sommerzeugnis war nicht schön, und in Betragen hatte man einen Dreier.

Eines Frühlingsmorgens saß im Café Museum beim Frühstückstisch Seiner Magnifizenz ein Herr Dr. Ing, der einen sehen wollte, weil er mit dem Vater an der TH Darmstadt Papiermacherei studiert hatte und sich an ihn gut erinnern konnte. Vater hatte aus Neugier studiert, er »aufgrund vorgeburtlichen Gelübdes«, weil sein Vater in Augsburg eine Papiermühle hatte. Nun war er in Darmstadt Professor, denn die Papiermühle gab es auch nicht mehr. Von seinem Bruder hatte man schon gehört, denn der war Dichter, wohl auch aufgrund vorgeburtlichen Gelübdes, denn Herr Dr. Ing erklärte das so: »Ich mach' das Papier, und er macht's voll.« Nun lebte der Bruder in Berlin, bei den Kummerln, war dort eine Art Staatsdichter und nebenbei Theaterdirektor. Noch am selben Tag kaufte man sich in der Kummerl-Buchhandlung am Trattnerhof ein Buch des Bruders, und als man zwei Tage später den Herrn Dr. Ing wieder bei Magnifizenz sah, bat man ihn um einen Empfehlungsbrief und hatte damit ein Reiseziel für den Sommer.

Es war einem ja, da man an der Akademie viele begabtere Künstler gesehen hatte, schon klar, dass man Schriftsteller werden wollte. Aber von diesem Beruf wusste man nur, dass man wer weiß wie lange allein und vergessen war, bis dann ein Buch herauskam und alle Zeitungen darum Wirbel machten. War es das erste Buch, war der Wirbel am größten, weil alle Kritiker Appetit auf Frischfleisch haben, kam es von einem schon bekannten Schriftsteller, schrieben sie, wie sie gewohnt waren, also ihre grundsätzliche Meinung mit mehr oder geringen Abweichungen, die sich um das Wort »gelungen« rankten. Das bestimmte dann meistens den Verkauf der Bücher, von denen die Schriftsteller leben, am besten aber die Verleger. Das Dazwischen aber, sagten Magnifizenz, sei Handwerk, und das sagte auch der Dichterbruder vom Dr. Ing, während andere von Kunst sprachen, aber für Kunst konnte man alles Mögliche halten. Niemand wusste, was Kunst ist, außer, dass der andere nichts davon verstand und man alles, aber das war etwas wenig, und man suchte nach sicherer Orientierung. Der Herr Professor Wotruba sagte zwar: »Gegenständlich ist sozialistischer Realismus; der freie Westen ist abstrakt«, aber so ganz glaubte man ihm dies auch nicht, und man war froh, dass vom Dichter aus Berlin ein Brief kam. Er würde ab dem 9. August wieder proben, denn er hatte auch ein Theater, und man dürfe zusehen.

Man hatte sich vorgenommen, das Rad diesmal in Wien zu lassen, in der Wohnung, um es wiederzufinden und weil einem Berlin etwas ungeheuer war. Das lag nicht an den Erinnerungen, sondern daran, dass vorigen Sommer ein Wirbel war, den man nicht verstand. Die Kummerln sagten, es sei eine Provokation gewesen, die Sozis sagten, es habe mit einem Streik wegen verschärfter Arbeitsauflagen begonnen und sei dann »aus dem Ruder gelaufen«, und die anderen sagten, es sei ein Befreiungsaufstand gewesen. Und man hatte Sprüche gehört wie »Wir wollen Freiheit, wir wollen

Brot – wir schlagen alle Russen tot«. Das gab den Kummerln wie den kalten Kriegern Recht, und Recht hatten alle miteinander, wenn sie sagten, es seien Proleten gewesen, sonst wäre die Sache nicht so schnell zusammengebrochen. Das Einzige, was einem sicher schien, war, dass man sein Fahrrad nicht solchen Gefahren aussetzen wollte. Außerdem musste man noch der Freien Österreichischen Jugend beitreten und den Ausweis abholen, denn dann konnte man ganz billig bei der Freien Deutschen Jugend übernachten. Das machte nichts, denn man wusste ja, was die hören wollten, und das galt für alle politischen Meinungen, von denen man noch lange keine haben wollte. Gudrun nannte das »opportunistisch«, aber man konnte damit preiswert leben, und ein Altkummerl hatte dafür gesorgt, dass man komfortabel und ziemlich nahe bei dem Theater untergebracht wurde.

Man hatte nicht sehr viel von Berlin in Erinnerung, und nun erkannte man es nicht wieder. Die Wilhelmstraße hieß nun anders; die Reichskanzlei war bis auf ein paar Bunkerreste im verwilderten Garten abgeräumt, und das Reichsluftfahrtsministerium nun die Regierung. Die Steinsoldaten, die mit Steinfahnen immer den Ehrenhof lang liefen, waren abgerüstet und glückliches Volk geworden, teils abstrakt, teils sozialistisch-realistisch. Vaters Dienstwohnung, dritter Stock, gab es noch in einem fast ruinierten Preußengebäude, und sonst war da nichts mehr, auch nicht mehr das Modehaus am Spittelmarkt, wo Mutter dem Kind die kratzenden Wollhosen gekauft hatte. Da waren nur Trümmer und ein Riesenschild, auf dem der Sozialismus aufgebaut wurde, und dann kam bald der Westen, den man mied. Der Weg durch die Friedrichstraße zum Theater war länger als gedacht, so dass man laufen musste, um rechtzeitig zu Dichter und Probe zu kommen.

Der Bühnenportier telefonierte, und eine junge Dame in Glockenrock brachte einen in den Bühnenraum und ging voraus, was gefiel. Der Dichter saß mit einigen jungen Frauen in Reihe sieben Parkett, und auch sie hatten alle Glockenröcke an. Später kam dann seine Frau, die eine berühmte Schauspielerin war, doch die hatte Hosen an. Man saß zwei Reihen hinter dem probenden Dichter, der Regie führte. Man hatte schon einigen Regisseuren beim Proben zugesehen und achtete darauf, was beim Dichter anders sein werde, denn dafür war er berühmt, doch das bemerkte man nicht. Der Dichter saß zurückgelehnt, sagte manchmal etwas Leises, das sofort von den Frauen neben ihm aufgeschrieben wurde, unterbrach ziemlich selten – dann sagte er laut: »Ich bitte Sie!« –, und das war's. Beeindruckend war, wie er manchmal minutenlang an einem Wort herumfeilte, aber manchmal war das auch vergebliche Mühe, und dann sagte er, dass es nichts bringe. Am Ende der Probe sagte er den Schauspielern, die vor ihm ziemlich Angst hatten, dass sie von ihm lesen würden, und dann diktierte er den Frauen eine ganze Menge. Dann ging die Frau des Dichters hinaus und winkte dem Jungen, mitzukommen. Sie fragte vieles und so streng, dass man Angst bekam, wieder zu stottern, und es zeigte sich, dass sie ihren Schwager überhaupt nicht leiden konnte, weil der ein Nazi gewesen sei, was einen nicht interessiert hatte, weil es ja so viele gab. Sie wusste es von allen und sagte es auch, und dann sagte sie, dass »mein Mann« – da war sie wieder ganz altösterreichisch mit dem Mann in der Mitte der Welt – sich darum nicht sehr kümmere, da er leider so viel mehr von Können halte, dass ihm

Gesinnung nicht so wichtig sei. Die aber sei das Wichtigste bei einem Charakter … Sie mochte ja nicht Unrecht haben, aber man war ganz froh, als der Dichter mit den anderen Frauen kam und sagte, er werde mit einem ein wenig spazieren gehen und »auswärts essen«. Das musste auch noch eine andere Bedeutung haben, denn die Dichterfrau grinste gar nicht freundlich.

Man ging über eine mit gusseisernem Gekröse verkrustete Brücke, und der Dichter sagte, das sei einmal der berühmteste Strich der Stadt gewesen, und dann auf die andere Straßenseite in ein Straßencafé vor einer imposanten Ruine. In der sollte ein kleines Theater sein, das der Dichter gerne als kleines Haus übernommen hätte, »doch man kann nicht alles haben«. Er sah den Frauen ebenso ungeniert neugierig nach wie der junge Mann, denn »Frauen müssen den richtigen Schwung haben, und den sieht man nur von hinten«, doch er fand, man solle lieber bleiben, wo man jetzt zu Hause sei. »Es ist etwas sehr anderes, vom Sozialismus zu träumen und im Sozialismus zu leben.« Er habe auch die österreichische Staatsbürgerschaft, seine Frau sowieso, und viele seiner Bekannten und Kollegen seien österreichische Staatsbürger, denn »eine kleine Verfremdung« sichere die eigene Freiheit. Er sprach sehr langsam, als würde er jedes Wort erst im Munde abschmecken, und man fühlte sich sehr ernst genommen. Dazwischen kam noch eine Assistentin, der er einige Anweisungen diktierte – sein Kinn war bemerkenswert –, und dann lud er einen noch zum Abendessen ein, um einem »den Stellenwert der Kultur in unserem Staat« zu zeigen. Es war ein sehr stimmungsvolles Restaurant, das von einer französischen Widerstandskämpferin geleitet wurde und »Möwe« hieß. Die Küche war nicht besonders, wurde aber wegen der Chefin für französisch gehalten, und viele Leute wollten mit dem Dichter kurz sprechen, der sagte, er gehe deswegen nicht oft hierher. Später saßen dann doch einige Leute am Tisch. Sie unterhielten sich sehr respektvoll, und der Junge durfte zuhören. Es ging aber nur um Theater, und der Dichter sagte sehr wenig. Plötzlich war es fast zehn Uhr, und da sollte der Junge im FDJ-Heim sein. Der Dichter sagte, er werde einen dorthin bringen, und das sei dann wohl kein Problem. Um Viertel nach zehn sprach er mit dem Portier, der wichtig dreinschaute, und dann durfte man wirklich schlafen gehen. Der Dichter war ein großer, ein richtiger Herr, und man fühlte sich so geehrt, dass man vom übrigen Berlin gar nichts mitbekam.

Als die Schule wieder losging, machte sie überhaupt keinen Spaß, da man sich nur dafür interessierte, Dichter zu werden. Man schrieb eine Geschichte nach der anderen, und sie waren ebenso schrecklich wie grandios. Gudrun fand sie beschissen, denn sie handelten von Lustmördern, Irrsinnigen und Amokläufern, also von ganz normalen Wienern, nur ein klein bisschen zugespitzt. Eigentlich aber waren sie moralisch, auch wenn man das überhaupt nicht bemerkte. Das hatte man von jungen Malern, die jetzt in Ausstellungen viel Krawall machten und »Wiener Schule des phantastischen Realismus« genannt wurden. Da mischte man auch alles zusammen, und das wurde gefeiert, vor allem wenn es Mischtechnik und dasselbe war. Man hatte schon grässlich viel geschrieben und war sehr zuversichtlich. Magnifizenz, mit der man einmal beim Frühstück darüber sprach – er lud einen noch immer einmal die Woche statt der Religionsstunde ein –, meinten, der Dichter müsse sich auf dem Marktplatz beweisen, also in der Wochenendbeilage einer Zeitung. Da aber könne und wolle er einem nicht helfen, denn zu jedem Talent in der Kunst gehöre auch das, sich verkaufen zu können.

Von der bei *Die Presse* zuständigen Dame hatte man gehört, dass sie die Freundin des Chefredakteurs sei und davor eine gewichtige BDM-Maid gewesen. Das aber hatte sie wirklich vergessen, oder sie hatte – was für Österreich eigentlich ungewöhnlich war – tatsächlich dazugelernt und war nun eine sehr freundliche Dame mit strenger Frisur und Interesse »für Neues«, wie sie sagte. Man hatte fünf Geschichten ausgewählt, und sie kaufte vier, da man nicht alles gut finden dürfe, wie sie sagte, und sie kamen an vier Wochenenden hintereinander, mit jeweils dreihundert Schilling Honorar. Man war stolz, obwohl Gudrun immer noch sagte, sie seien Blödsinn. Man stritt ohnedies viel in letzter Zeit. Natürlich hatte man auch ein Exemplar an Großvater geschickt, doch der ließ zurückschreiben, dass er Kulturseiten, was auch immer wer darunter verstünde, aus Prinzip seit Jahren nicht mehr lese, da sie doch nur ein Wurmfortsatz der politischen seien, er sich aber darüber freue, dass der Junge nun auf eine für anständig gehaltene Weise sein Geld verdiene, aber er solle trotzdem nicht die Matura vergessen, die am Ende des Schuljahrs lauere.

Das war hundsgemein, denn man hatte sie nicht vergessen, wollte aber gerade jetzt überhaupt nicht daran denken, wo man doch endlich ein Dichter wurde. In der Schule wurde man auch dafür genervt, dass man zum Beispiel bei Deutscharbeiten nicht knapsen dürfe, wenn man denn schon gedruckt würde, wenn auch derzeit jeder Käse in

Zeitungen komme, undsoweiter über Latein, Griechisch und Mathematik. Und dann hatte man noch Krach mit Gudrun wegen der Tanzschule. Dabei war die ihre Idee gewesen, denn sie fand, dass man auch in Gesellschaftstänzen firm sein müsse, obwohl man ja Boogie konnte und sogar Rock 'n' Roll, der gerade aufgekommen war. Aber es waren auch Hosen für Männer aufgekommen, die oben weit und unten ganz eng waren, Röhrlhosen eben, und die Mädchen begannen mit Petticoats, und manche hatten auch noch Plastikreifen eingezogen. In der Schule durften sie die nicht tragen, da sie unter dem Pult nur schwer zu verstauen waren und manchmal auch emporschnellten, so dass man das gesamte Innenleben sah, aber in der Tanzschule schon, denn sie war zweite Wahl. Erste Wahl in Wien war nämlich eine Tanzschule in einem hinteren Teil des Palais Pallavicini, und sie gehörte einem alten Offizier der Monarchie, der vorwiegend aus Prothesen bestand und daher genau das gravitätische Benehmen konnte, das geschätzt wurde. Man lernte dort auch Benimm, was eher ein reichsdeutsches Wort war, Antisemitismus und jenes blasierte Näseln, das man Schönbrunnerdeutsch nannte und für vornehm hielt. Die Hälfte der Klasse ging dorthin, weil die Eltern dafür zahlen konnten, und sie lernte dort auch die für bessere Wiener unabdingbare Arroganz, aber man hatte dafür nicht das Geld und ging in eine billigere. Das war alles noch in Ordnung, aber bei »Cheek to cheek« hatte man die Bachl Anni als Partnerin zugeteilt bekommen, und die war gemein, denn sie rieb einen mit den Plastikreifen an der empfindlichen Stelle, und die Feinrippunterhosen waren ja immer schon nach dem ersten Tragen ausgeleiert. Man versuchte sich zu retten, indem man nach dem Tanz in die auch in dieser Schule übliche Verbeugung fiel, doch Gudrun hatte alles bemerkt, machte einem später eine furchtbare Szene und war mehr als eine Woche zornig. Wie sollte man sich da auf die Matura vorbereiten?

Mittlerweile war es ganz schön kalt geworden und die Bude sehr ungemütlich. Das Waschen im Freien machte überhaupt keinen Spaß mehr, draußen konnte man auch nicht sitzen, und drinnen kam die Kälte von überall her, von der Wand, durch das Dach, und am ekligsten von der Kirchenmauer. Da konnte man sich noch so dick anziehen – am Morgen schlotterte man oder man war ganz steif. Man hatte gelesen, dass die Leute im Mittelalter auch mit Holzkohlebecken geheizt hätten, wenn kein Ofen da war, und wollte das ausprobieren. Man hatte eine große alte Keramikschüssel gefunden und aus der Schmiede in der Schönlaterngasse etwas Holzkohle bekommen und Petroleum zum Anzünden. Das machte man vor der Hütte, da man gehört hatte, dass der Rauch giftig sei. Als nichts mehr qualmte, stellte man die Schale hinein und sehr bald wurde es mollig warm. Doch als man sich schlafen legen wollte, war einem im Kopf ganz schwummelig, und gleich darauf musste man fürchterlich kotzen, leider direkt vor die Tür der Bude. Als man die Sache aufräumte, wurde man im Kopf wieder klarer, doch sobald man wieder drin war, ging das Ganze aufs Neue los. Man hatte also schlechte Holzkohle erwischt, und da half nichts, als das Becken vor das Haus zu stellen. Am nächsten Tag war man immer noch ganz matsch und hörte, dass man Glück gehabt habe, denn es habe Kohlenmonoxyd gegeben, wie es auch im Stadtgas war, mit dem sich die Leute umbrachten, und auch Herr Zola sei daran gestorben, weil man ihm die Schornsteine verstopft hatte.

Man hatte tatsächlich Glück, denn einige Tage später kam ein Brief vom Großvater mit einer Adresse gleich um die Ecke und dem Namen eines Hausmeisters, bei dem eine Wohnung frei sein solle. Der Hausmeister war eine Hausmeisterin und die Wohnung im vierten Stock eine halbe, wie man das nach dem Krieg gemacht hatte, doch man verließ seine hausmeisterfreie Freiheit ohne Kummer und sehr schnell. Das große Zimmer war durch eine Bretterwand abgeteilt worden, und dahinter übte ein Musiker mit einem riesigen Konzertflügel. Er war schon sehr bekannt, und man selbst hatte ihn im Keller des Art Club kennen gelernt, wo er oft jazzte und nur selten Trinkgeld gab; man schätzte ihn sehr, da er Beethoven einfach großartig spielte. Er kniete nicht wie andere Pianisten vor jedem Akkord des Meisters, sondern spielte, als säße der am Klavier und improvisiere vor sich hin. Leider musste er viel üben, und es ist wirklich keine Freude, wenn ein und dieselbe Phrase hundertmal wiederholt wird, bis sie sitzt. Dass man sich dabei auf die Matura vorbereiten solle, war nicht auszuhalten, doch auch der Musiker rauchte manchmal Haschisch, und wenn man aus Verzweiflung an die Holzwand trommelte, kam gelegentlich eine wundersame Zigarette als Trost durch das Astloch neben dem Tisch. Gelegentlich wechselte man auch ein paar Worte durch die Wand, wobei man ja in Zimmerlautstärke sprechen konnte, doch sonst ging man sich nach Tunlichkeit aus dem Wege. Beleidigt war er, als man ihm zu Weihnachten eine stumme Klaviatur schenkte, die man bei einem Trödler in der Werdertorgasse gefunden hatte. Man sprach überhaupt nicht mehr miteinander, und Ende Februar zog er aus, da er ein besseres Probelokal gefunden hatte. Er war immer noch ärgerlich, redete von

Banausen, obwohl man keiner war, und in die andere Hälfte der Wohnung zog niemand mehr wegen Mieterschutz, doch man selbst musste sich mit der Hälfte begnügen. Gudrun fand die Wohnung auch so widerlich, da sie immer das Gefühl hatte, jemand würde an der anderen Seite der Holzwand lauschen, und manchmal knackte es wirklich in der leeren Halbwohnung. Aber sie hatte wenigstens einen Ofen, und in der Stadt standen immer noch einige Ruinen, aus denen man Holz holen konnte.

Eigentlich wollte man wirklich für die Matura lernen, aber es kam immer etwas dazwischen. Eines Tages kam ein Brief von Frau Ilse Luckmann, deren Verlag und Wohnung beim Rathaus waren. Magnifizenz hätten ihr eine Empfehlung und die Anschrift gegeben, sie habe auch schon einige Geschichten des jungen Mannes gelesen, und sie würde gerne mehr davon sehen, da sie sich vielleicht einen kleinen Band vorstellen könne, etwa 200 Seiten. Das war natürlich ungleich bedeutender als die Matura, obwohl Großvater gesagt hatte, dass er auf die am allermeisten Wert lege. Aber er kam nur zweimal im Jahr nach Wien, und aufs Land durfte man nicht fahren, weil Mutter immer noch sehr zornig war, und so schrieb man noch zwei Geschichten, die man sehr gelungen fand. Frau Luckmann war eine sehr zierliche ältere Dame, die stets mit so vielerlei beschäftigt war, dass man ihr nachsagte, sie habe auch schon ein Manuskript in der Straßenbahn verlegt, und ihr Verlag war ihre große Wohnung, doch sie war sehr freundlich, lobte, wie ordentlich man die Texte in Schreibmaschine geschrieben hatte, verbrannte sich die Finger beim Kaffeemachen und sagte, man solle in genau einer Woche wiederkommen, aber vorher anrufen. Dazu ging man ins Hawelka, denn das hatte die berühmteste Telefonzelle von Wien, auch wenn die das Geld etwas schneller fraß als andere, doch man hoffte, sie würde Glück bringen, und sie brachte es auch, denn Frau Luckmann sagte, sie würde das Buch im Herbst machen und man solle übermorgen wegen des Vertrags vorbeikommen.

Man war sehr aufgeregt, konnte kaum schlafen und deshalb überhaupt nicht für die Matura lernen, und Professor Fuchsreif sagte, bei der Konzentrationsschwäche des Jungen würde die auch nichts werden. Den Vertrag aber hatte man sehr konzentriert gelesen und festgestellt, was ein Autor alles an Pflichten hatte und welche Rechte die Verlegerin, aber Frau Luckmann sagte, das sei so üblich, und das Schlimmste sei, wenn ein Autor seinem Verlag nicht vertraue, denn dann sei das Tischtuch zerschnitten, und man unterschrieb, vor allem wegen der tausend Schilling Vorschuss. Nun hätte man ruhig für die Matura büffeln können, doch schon ein paar Tage später kam ein Brief von Frau Luckmann, das Buch werde etwas vorgezogen und als letztes der Frühjahrsproduktion erscheinen. Gudrun sagte, man sei völlig durchgeknallt, denn es würden ohnedies zu viele Bücher geschrieben, jeder Trottel könne das, und die Verlegerin habe schon recht, denn die wirkliche Kunst sei, dieses Zeug auch zu verkaufen. Das war gemein und beleidigend, und da man nun zerstritten war, versuchte man zu lernen.

Aber auch in der Welt, also in Österreich, war sehr viel los. Der Herr Bundeskanzler Raab war mit Herrn Außenminister Figl und noch ein paar Politikern von den Sozis nach Moskau gefahren, und dort sollten sie ein so fulminantes Besäufnis abgehalten haben, dass die Russen vor lauter Rührung den Staatsvertrag zusagten. Ganz Österreich jubelte grauenvoll, die Schwarzen, weil sie's erreicht haben wollten, die Roten, weil sie dabei gewesen waren, und die Nazis, weil Österreicher an dem Krieg nicht schuld gewesen sein sollten. Wenn sie nicht gerade vor patriotischer Rührung soffen und schluchzten, sagten allerdings alle Österreicher, diese zehn Jahre Besatzungszeit hätten sich die Alliierten schon bei Kriegsende ausgeschnapst und den Österreichern nicht verraten, und daher beschimpften sie die Kummerln, obwohl die sagten, ohne sie hätte Stalin in Teheran die Österreichfrage überhaupt nicht erwähnt. Das Wichtigste aber war, dass wegen der ganzen Feierei die Matura um zwei Wochen verschoben wurde und man jetzt wirklich lernen konnte.

Fast wäre auch das nichts geworden, denn nach einer Woche kam ein Paket, und drin waren die ersten zehn Bücher. Man wollte sie in der Loos-Bar feiern, doch Gudrun sagte, sie habe zu lernen, und Walter sagte, man wolle doch wieder nur Haschisch rauchen, und er habe keine Lust, auf einen aufzupassen. Also ging man alleine hin, und Herr Lersch verkaufte einem einen richtigen Afghanidiskus für fünfzig Schilling. Das war genug für einen Monat, obwohl man sich vorgenommen hatte, wegen der Matura eigentlich gar nicht zu rauchen. Am nächsten Morgen brachte man ein schön signiertes Buch zum Frühstück mit Magnifizenz, der lächelte und sagte, das sei bei Erstlingswerken so üblich. Er hatte ja schon viele Bücher geschrieben, und deshalb war man über ihn nicht ärgerlich.

Nun musste man jeden Tag für eine Stunde ins Café Hawelka, die Zeitungen zu lesen, denn man wusste, dass nun die Rezensionen kamen, von denen sehr viel abhing, da die Leute nur kauften, was angepriesen wurde. Aber nichts kam. Erst zwei Wochen später kam ein kurzes Lob in der *Presse*, aber das war nicht gut, da es die Woche nach dem Staatsvertrag war, wo die Leute vor lauter Patriotismus nichts lasen.

Den Staatsvertrag hatten die Alliierten am Sonntag, dem 15. Mai unterschrieben. Eigentlich wollte man da gar nicht in Wien sein, da es Großvaters 91. Geburtstag war, doch der war eine Woche zuvor nach Wien gekommen, da seine Zahnärztin-Freundin im Sterben lag. Sie war bei den Liesln, also den Elisabethinerinnen auf der Landstraße, und man traf sich danach im Café Promenade beim Schwarzenbergplatz. Natürlich hatte man sein Buch samt einer schönen Widmung mitgebracht, doch Großvater sah nur ganz kurz darauf, sagte »jaja« und redete davon, dass er Fräulein Sadlo doch schon fast fünfundsechzig Jahre gekannt habe, dass sie gute zehn Jahre jünger sei als er, und dass es sich wirklich nicht gehöre, jetzt einfach an Krebs zu sterben. So grummelte er vor sich hin, sah einen plötzlich starr an, sagte, das sei privates Zeug und passe jetzt eigentlich überhaupt nicht, denn bei allem Sterben dürfe man doch nicht das Leben vergessen, und es sei ganz schön, dass man jetzt sein eigenes Geld verdienen wolle, und als er ein Couvert auf den Tisch legte, kam auch schon Herr Mandi, um ihn abzuholen. Man hatte Großvater noch nie so deprimiert gesehen, doch er war wirklich schon sehr alt, und er hatte immer gesagt, mit dem Alter lege sich die Freude am Leben, weil es einfach zu viel werde. Man machte sich Sorgen, war aber auch froh, dass man nun tun konnte, was man vorhatte.

So ging man zum Beispiel am Sonntag Vormittag in den Belvederegarten, weil alle Wiener dorthin gingen, denn dort sollte der Staatsvertrag unterzeichnet werden. Es war Kaiserwetter, wie man damals noch sagte, und ganz Wien zertrampelte den Rasen des Parks. Im Saal des Oberen Belvedere sollte der Vertrag unterschrieben werden, an dem man bis zuletzt verhandelt hatte, und das Original sollte nach Moskau gehen, weshalb es die Österreicher noch einmal sehen wollten. Viele hätten es doppelt sehen können, da die meisten schon besoffen waren, als hätten sie mitverhandelt, doch sie sahen nichts oder fast nichts, denn sie standen zu weit weg, auch wenn sie vor zwei Stunden gekommen waren, doch auch da standen sich schon Massen die Beine in die Bäuche. Aus Lautsprechern konnte man hören, was man nicht sah, doch auch der Reporter sah nichts, wie er immer wieder betonte, sondern sagte nur, was jetzt laut Protokoll geschehen müsse, und plötzlich schrien alle Leute ganz laut, denn auf den Balkon waren eine Menge streichholzgroßer Leute getreten, von denen man wusste, dass es die Außenminister und ihre Entourage waren, und das mittlere Streichholz war das kleinste, also Herr Außenminister Figl, und er hielt Papier in den Händen, das der Staatsvertrag sein sollte. Aus den Lautsprechern kam seine ohnedies immer etwas piepsige Stimme, und er fiepte etwas mit allerletzter Kraft. Alle Leute brüllten begeistert los, als seien sie daran schuld, doch das waren die Russen gewesen. Am Abend gab es dann noch ein großes Bankett in Schönbrunn, doch das sparte man sich, da man ja nur aus dem Park hätte zusehen dürfen. Man traf sich mit Gudrun, ging in den Esterházykeller und hörte zu, wen die Leute alles erschlagen würden, wenn die Freiheit wirklich ausgebrochen sei, und dann ging man noch ins Hawelka, wo die Chefin Buchteln machte, doch das tat sie alle Tage.

Im November 1955 wurde dann auch die Staatsoper wieder eröffnet, natürlich mit »Fidelio«, wegen der Freiheit. Man hatte seit der ersten Nachkriegszeit an ihr herumgewerkelt, ohne dass man gesehen hätte, dass etwas weitergehe, doch nun war sie urplötzlich fertig. Es war, als hätte man immer nur auf diesen Tag mit dem Wiederaufbau gewartet, und man hatte eine Karte bekommen, von wo man zwar schlecht sah, da ganz Wien dort sein wollte, aber mit der Karte hatte man Glück gehabt. Der Vater von Stefan und Liesl war nämlich gestorben, und er sollte Staatsoperndirektor werden, was er schon einmal vor dem Krieg war, und ein Bekannter von ihm hatte nun die Karte vermittelt. Er war ein alter Nazi, aber das waren ja alle bei der Oper, der Herr Böhm, der jetzt Direktor war, und der Herr Karajan, der es bald wurde und für den schon viele intrigierten. Auch der Herr Professor Eisenmenger, der die meiste Kunst für die Oper gemacht hatte, war ein großer gewesen, doch nun war alles Österreich und frei, und Herr Schöffler sang den Bösewicht in den Bühnenbildern von Herrn Holzmeister, dem Staatsarchitekten von Österreich. In der Pause musste man aufpassen, nicht zertreten zu werden, denn alle wollten die Staatsgäste sehen, und man wurde mit dem Herrn Bundespräsidenten Körner beworfen, der dem Gedränge zu den neuen Pausenräumen im Weg war. Er war schon ein klappriger alter Mann mit Frack, rotweißroter Schärpe und Vollbart, sah völlig verstört drein und sagte »scheußlich«, als man ihn auffing, und dann transportierte ihn ein Staatsdiener ab. Im Bürgerkrieg war Körner General der Roten gewesen, und den Bart trug er, weil er nun Füralleösterreicher war, doch darauf nahm niemand Rücksicht, da alle Herrn Molotow sehen wollten, der zum Staatsvertrag so lange Njet gesagt hatte. Die alten Nazis in der Bundestheaterverwaltung allerdings hatten gemunkelt, das habe er nur getan, bis Österreich wieder aufgemascherlt sei, also fesch wie zu Kaisers Zeiten, doch die Oper sah nun ganz anders aus. Man sah aber nicht sehr viel davon, und zum Buffet in der Pause durfte man auch nicht gehen.

Für die Matura konnte man eigentlich erst in den letzten Tagen lernen, und einige der Professoren sagten, dass es ihr größtes Vergnügen wäre, einen durch die Matura rasseln zu lassen. Man war also vorgewarnt, und für die schriftliche Maturaarbeit in Deutsch, wie es jetzt wieder hieß, hatte man ein Ungenügend und »Thema verfehlt« bekommen. Da musste man also mündlich drankommen, und man wusste, dass man in die Enge getrieben würde. Doch die Aufsicht des Ganzen lag beim Herrn Stadtschulrat, und bei dem hatte man Glück. Als man nämlich aufgerufen wurde, fragte er: »Sind Sie nicht ein junger Dichter?« Er hatte nämlich in der *Presse* von einem gelesen, und man sagte, dass man vielleicht einer werden wolle, aber sich dafür noch sehr bemühen müsse. Professor Fuchsreif sagte, ohne disziplinierte Deutschkenntnisse sei derlei sehr schwierig, wenn nicht gar unmöglich, doch der Landesschulinspektor sagte, auch große Schriftsteller hätten oft unmögliche Schulnoten gehabt, und es sei eben so, dass viele Talente in der Schule nicht richtig gefördert würden. Herr Fuchsreif sah sehr grantig drein und musste des Landesschulinspektors wegen milde fragen. Auf die Frage, was Goethe mit Friederike Brion verbunden habe, sagte man »Geilheit«, und er schmiss seinen Füller auf den Tisch und sagte, »So ist das immer«, doch der Landesschulinspektor sagte, so könne man das auch sehen, obwohl Fräulein Brion Pastorentochter gewesen sei und deshalb wahrscheinlich streng gehalten. Nach einer Viertelstunde hatte man seine Ruhe, und man versprach dem heiligen Judas Thaddäus eine Kerze. Das Zeugnis aber, das man eine Woche später bekam, war sehr eigenartig: lauter Genügend, quer durch alle Fächer, und nur in Zeichnen hatte man eine Zwei. Magnifizenz sagten, das würde für die Universität reichen, und die Schule habe eben auch einmal Rache nehmen wollen.

Man hatte gedacht, mit der Matura würde das ganze Leben ganz anders, doch das war nicht, und es ging einfach weiter. Ging? Es schleppte sich und war eigentlich langweilig, denn was sich nicht schleppte, war weder auf- noch anregend. Eines Juliabends, das Haustor war noch nicht geschlossen, kam eine Masse Leute, die man kannte, aus dem Art Club, und mit ihnen war der große Dichter Jean Cocteau. Natürlich war man über seinen Besuch sehr geehrt, aber die Bude war doch äußerst voll, und sie hatten keine Getränke mitgebracht. Während man noch Tee kochte, verschwanden sie alle, und plötzlich war man mit dem großen Cocteau allein. Er war sehr freundlich und sprach ganz wenig Deutsch und noch weniger Englisch. Er erzählte davon, dass er sich sehr einsam fühle, und weil Deutsch so schwierig war, tatschte er das Knie. Man hatte schon von Herrn Cocteau gehört, und als er mit seiner Hand höher wanderte, dachte man an Pater Anselm im Kloster und bekam Angst. Als er im Gespräch die Mitte des Oberschenkels erreicht hatte, musste man aufstehen und ihn fragen, ob er noch einen Tee wolle. Als man das Wasser zustellte, fand man die Situation sehr gemein. Herr Cocteau war ein berühmter Dichter, und man hatte schon einen Film von ihm gesehen, den man sehr schön fand, doch er war auch schon ein sehr alter Mann, uralt, von achtzehn Jahren aus gesehen, und man hatte sich vorgenommen, nichts aus Mitleid zu tun. Man war vor allem zornig auf die Bekannten, die Herrn Cocteau mitgebracht hatten. Wahrscheinlich hatte er ihnen auch erzählt, dass er einsam sei, und ihnen war nichts Dümmeres eingefallen, als einen in diese scheußliche Situation zu bringen – das war immer schon ein Lieblingssport der Wiener –, und nun musste man damit fertig werden. Da der Dichter nicht locker ließ, musste er etwa sechs Tassen Tee trinken, bis man ihn aus dem Haus brachte. Er war immer noch freundlich, wirkte aber enttäuscht, und da man selbst genauso viel Tee getrunken hatte, musste man in der Nacht oft pinkeln, aber dafür reichte die Waschmuschel. Alles war ärgerlich.

Von Tein und Pissdrang wach gehalten, dachte man über das Leben nach. Es war eigentlich alles schrecklich. Nun lebte man schon so lange, und alles war nur Überleben gewesen. Gut, man hatte sich Ziele vorgenommen und sogar teilweise erreicht. Man war Künstler geworden, hatte ein Buch geschrieben, das nun schon zweimal wohlwollend besprochen war, wie man sagte, war bekannt geworden und hatte bekannt Gewordene kennen gelernt. Einander verstehen hatte eigentlich nicht geklappt, von Magnifizenz abgesehen und vielleicht dem großen Mann in Berlin. Aber war das überhaupt Verstehen oder doch nur Gönnerhaftigkeit? Ja, man war jung, und das war schrecklich, denn eigentlich war man für die anderen nur ein Stück Kalbfleisch. Gudrun sagte, »ein Patschertes«, und das meinte ungeschickt und alles Mögliche, eigentlich Unmögliche. Sie sei »nur aus Gewohnheit« mit einem zusammen, hatte sie neulich gesagt. Das sagten auch andere, die Älteren, und man merkte immer, dass das nicht Liebe war. Gab es die überhaupt? Und wenn nicht – was war dann das, das man für Einzelne oder die Welt zeitweise empfand? War es »die große Täuschung«, die einen im Sein halte, wie Buddha gesagt haben sollte? Was war überhaupt sicher, was hatte man in der Hand als das verpatzte Maturazeugnis und ein dünnes Buch? Als man das letzte Mal Magnifizenz getroffen hatte, kurz nach dem Zeugnis, hatte der gesagt, das sei alles nichts wert, denn das eine sei für den Staat und das andere für den Markt, und für einen selbst diene es nur der Eitelkeit, aber es habe nichts mit der wirklichen Welt zu tun. Man beschloss, sich in ihr umzusehen, um den Sinn des Lebens zu finden. Draußen wurde es gräulich, und sogar in diesem Hinterhof der Innenstadt piepten einige Vögel. Man hatte das Gefühl, aus einem Alptraum erwacht zu sein, machte und zündete sich eine sympathische Zigarette an und dachte noch vieles über sehr viel. Dann sah man auf die Uhr und ging vors Haus. Auf der anderen Gassenseite hockte eine gewaltige Keramikfrau, an deren Brüsten zwei dicke Kinder nuckelten, und gleich neben ihr machte gerade der Milchladen auf, denn die Figur war eine Art Werbung für die Wiener Molkerei.

2

Großvater hatte für einige Tage eingeladen, da Mutter nach Italien verreist war, und man war sehr gespannt, da man sein Haus schon mehr als vier Jahre nicht gesehen hatte. Und schon der Bahnhof erstaunte – man hatte ihn nicht so klein, geradezu popelig in Erinnerung gehabt. An seiner Hauswand aber, wo man als Kind oft einen Champignon gefunden hatte, war der Weg geteert worden, und nun wuchs da nichts mehr. Auch die Allee zum Haus sah anders aus, gewissermaßen zurechtgestutzt, und zwei Kastanienbäume waren durch junge ersetzt, die noch lange brauchen würden. Auch der Wirtschaftshof sah nicht mehr so ordentlich aus, und am Ungetüm des großen Barockstadels hing ein Teil des Dachs ganz schief. Herr Mandi, der davor werkelte, erzählte vom großen Wintersturm mit diesen Folgen, und dass man keine so großen Biberschwanzziegel mehr bekomme, weshalb das ganze Dach neu gemacht werden müsste, wozu es aber an Geld fehle. Alles sah nun sehr heruntergekommen aus, und Großvater saß im Arbeitszimmer, denn das war bei der Hitze schön kühl und wegen der Jalousien so dunkel, dass man gar nichts sah. Erst besah er das Maturazeugnis und meinte, es sei nicht glorreich und zeige nur, dass die Schule einen nicht geliebt habe. Man habe sein gewohntes Zimmer, und man solle in die Küche, sich etwas zu essen holen, und beim Abendessen sehe man sich wieder.

Man ging natürlich durch das Haus, und es sah sehr fremd aus. Die Russen waren seit über einem halben Jahr weg, doch man sah ihre Spuren überall im Barocktrakt. Sie hatten gehaust wie die Russen, obwohl diese Redensart uralt war. In eine Ecke der Galerie waren die Splitter der großen Lüster gekehrt, zusammen mit den Trümmern, die von den Stühlen und Empiretischen geblieben waren, und es war trostlos, obwohl nicht so schlimm wie der Garde- oder der Speisesaal, die nun an barocke Ruinenarchitektur erinnerten. Doch das war weder Kunst noch künstlich, und nur die Göttinnen an den Decken lächelten immer noch und zeigten stolz ihre stark verrußten Brüste, wahrscheinlich, um von den Rissen durch sie abzulenken. Auch das Appartement der Urgroßeltern sah jämmerlich aus, denn die Russen hatten die meisten Möbel mitgenommen und sogar alle Armaturen aus dem von ihnen behausten Bereich. Überall war es nur noch ruinös, auch in der leeren Wohnung der Wittmanns mit ihrem abgewohnten Billig-Jugendstil, denn es wohnten nur noch achtzehn Leute im Haus, und dafür lohnte es auch nicht, das morsch gewordene Fensterholz zu ersetzen, denn es gab keinen Tischler mehr und auch keinen Stellmacher. Hilfsarbeiter aus der Fabrik hatten solche Fenster mit Brettern und Dachpappe vernagelt, als hätte das Haus seine Schuldigkeit schon vor Urzeiten getan. Nur das Appartement der Großeltern prunkte noch, wie man es kannte, doch das Boudoir der Großmutter war versperrt, da dort jetzt die Mutter wohnte.

Großvater aß nun nicht mehr im Speisezimmer, sondern an seinem mittäglichen Platz am Personaltisch, doch am

Abend hatten alle außer ihm schon gegessen, und nur die schon uralte Frau Philipp wartete auf. Großvater fragte, ob man sich angesehen habe, was er einmal hinterlassen werde. Die Zeit habe ihn gründlich überrollt und seine Hoffnung auf Gutswirtschaft auch. Nur sein Appartement werde einmal zeigen, dass er es gut gemeint habe. Sein Vater habe voll auf Industrie und die Papierfabriken gesetzt und sei daran gestorben. Er habe darauf nicht industrielle Verwaltung studiert – er sagte Management, weil er in England gelernt hatte –, sondern Landwirtschaft. Zunächst hätten sein jüngster Onkel und dann dessen »jüdischer G'schamsterer« – das Wort bedeutete Liebhaber – die Fabriken verwaltet, und als Letzterer gestorben war, habe er sie an den Vater verkauft, und nun habe niemand mehr was davon. Nun ja, eigentlich sei schon der Erste Weltkrieg ein gewaltiger Stoß in den Abgrund gewesen, doch man hätte sich berappeln können, hätten die Sozis die Deutschösterreicher im Zaum halten können und die Berufschristen ihre Faschistenkopien, und wären nicht schließlich die Idioten des Landes, und das sei immer die Mehrheit, einem schreienden Wanderprediger nachgelaufen; er sagte: Wanderprediger, der alles Heil aus dem deutschen Blut gepredigt habe. Das hätte die Halbböhmen und Halbtschuschen zu Purzelbäumen des Wahnsinns getrieben, und hinterher wollte es keiner gewesen sein. Nun müsse, Ironie der Geschichte, er als Halbungar und Altösterreicher den Schaden tragen, der aus dem Wirbel entstanden sei, weil er schon ewig mit alledem nichts zu tun haben wollte. Man kannte ja Großvater, und er sagte in den letzten Jahren oft dasselbe, doch in dieser düsteren Umgebung konnte man ihn fast verstehen. Seine Bewegungen waren etwas tattrig geworden, und es sah aus, als ob alles, was er anfassen wollte, gerade am Davonlaufen sei. Jeder Gegenstand musste deshalb erst belauert werden, bis man ihn mit einer scheinbar gezielten Bewegung einfangen konnte. Es war nicht einfach, dem zuzusehen. Er war zornig auf sich und tat einem Leid, aber gerade das ärgerte ihn extra.

Als man Großvater von seinen Reiseplänen erzählte, blühte der richtig auf. Er habe sich auch einmal die Welt angesehen, als er jung, nein, als er schon verheiratet war. Als Eheurlaub, gewissermaßen. Und er habe vor dem Ersten Weltkrieg auch oft »Besuch von dort« gehabt und bis zum Zweiten Weltkrieg mit einigen Korrespondenz gepflegt. Da könnte jemand noch leben, denn da seien sehr viele wesentlich Jüngere dabei gewesen. Er werde morgen einmal nachsehen, und in einer Kammer auf dem Dachboden seien noch Gepäckstücke, die man vielleicht brauchen könne.

Am nächsten Tag, ehe die Sonne auf das Dach brannte und es da oben stickig wurde, ging man hinauf und bekam einen Schreck, der einen minutenlang in der Tür stehen ließ, durch die heiße, abgestandene Luft entwich wie aus der Grabkammer Tutenchamuns. Man hatte sich vorgenommen, mit kleinstem Gepäck zu reisen, mit Glück oder der Hoffnung darauf um den Hals, denn auf einen Talisman waren auch Agnostiker angewiesen, mit Zeit oder ihrem Maß um das Handgelenk und darüber hinaus nur mit dem Allernötigsten. Was das aber sei, war schwer herauszufinden, und das fing schon mit dem Naheliegendsten an, mit der Zahnbürste beispielsweise. Die es damals gab, hielten nicht lange. Spätestens nach einem halben Jahr waren ihre Borsten weich und struppig, und daher brauchte man für die vorgesehene Reisedauer mindestens zwei. Man war sich nicht sicher, ob man außerhalb Europas welche bekäme, denn viele der vorgenommenen Länder hatten gerade die europäische Vorherrschaft abgeschüttelt, und vielleicht waren da die Zahnbürsten darunter geraten. Man hatte schon Menschen »von dort« gesehen, und sie hatte alle strahlend weiße Zähne, doch man hatte nicht zu fragen gewagt, wie sie das bewerkstelligten. Man hatte zwar in einem gescheiten Buch gelesen, sie würden am Morgen von einem bestimmten Baum einen Zweig brechen und den mit zwei Steinen und Gebeten zu etwas Brauchbarem verarbeiten, doch war man sich nicht sicher, ob man dasselbe, von botanischen Vorkenntnissen angefangen, auch selbst bewerkstelligen könne. Also brauchte man drei Zahnbürsten, und was für die galt, galt auch für das Zahnputzpulver. Und für die Toiletteseife. So kam schon beim Allernotwendigsten eine Menge zusammen, und das drohte beim Notwendigen eine Lawine zu werden, ohne erst an das Nötige denken zu wollen.

Nun stand man vor einem gewaltigen Gebirge von Koffern. Papier war darüber gebreitet und der Staub darauf gemahnte an Gletscher. Neben dieser Halde aus Überseekoffern, Schrankkoffern, Handkoffern, für die man allerdings auch einen Träger brauchte, und Reisetaschen, die schon als leere Hüllen eine gewaltige Last darstellten, erhob sich ein noch größeres Gepäckmassiv aus dem Nachlass der Großmutter, aufgetürmt zum Monument ihrer einmaligen Reise nach Amerika, gleich nach der Jahrhundertwende, mit abschüssigen Steilhängen aus Hutkoffern, Toilettekoffern, von denen ein vollgeräumter nur für Brennscheren war, und Moränen besonders exklusiver und nun steinhart gewordener Taschen. Warum hatte einen Großvater in dieses Planetarium des Schreckens geschickt? Hatte er gehofft, dass es wenigstens etwas abgebaut würde, oder glaubte er, dass es, schon einmal nach Indien gereist, durch eine weitere Reise die Notwendigkeit seiner Existenz bestätigte? Gelegentlich, bekam der junge Mann zu hören, als er dem Großvater sein Entsetzen zu vermitteln versuchte, sei »fast alles« noch benötigt worden, wenn man zur Frühlingskur nach Brioni oder zur Traubenkur nach Meran gereist sei, ach ja, auch noch vor dem Ersten Weltkrieg und das allerletzte Mal eine Weile vor dem letzten, und danach noch ab und zu »für die Schweiz«, doch der junge Mann dachte nur, die ihm bekannte Unbeweglichkeit der Großeltern hinge mit der Unmenge des Unvermeidbaren zusammen, und nahm sich vor, diese Falle zu meiden. Er befand sich also bereits in ihr, hatte auch einige Befreiungsversuche unternommen, hoffte noch, ihr eines am liebsten baldigen Tages zu entkommen, und ahnte bereits die Hoffnungslosigkeit. Dem Großvater zuliebe wählte man beim nächsten Morgenbesuch einen gewaltigen Jagdrucksack, in dem auch ein kapitaler Hirsch Platz gehabt hätte. Er wurde mit sehr viel Wasser und Kernseife aus seiner Leichenstarre befreit, war danach gut die Hälfte seines Gewichts leichter, und genau so ein Teil hatte man sich vorgestellt. Großvater freute sich, dass man wenigstens etwas Brauchbares gefunden hatte, und versprach, die Reise aus der Ferne zu beschützen. Darauf hatte man gehofft.

Nun musste man das mit der Wohnung regeln. Der Bekannte, der dadurch berühmt werden wollte, dass er aus Sto Hundert gemacht hatte, sagte, er brauche dringend ein Atelier, und er durfte die Wohnung für ein Jahr haben, denn so lange hatte man die Reise geplant, und er versprach auch, auf den Teppich aufzupassen. Den hatte man von der Dame mit den Greyhounds bekommen, und er war alt, echt und schön, auch wenn er geschenkt war, und manchmal hatte man sich vorgestellt, er sei ein fliegender Teppich. In der Praxis allerdings wollte man auf derlei nicht angewiesen sein, und als alles erledigt war, fuhr man mit Rucksack und einer Reisetasche auf den Südbahnhof und von dort auf den Balkan.

Vor den Problemen mit der Sprache hatte man keine Angst, obwohl man wusste, dass sie die größten sein würden. Ein paar Brocken Russisch konnte man noch aus der Schule und hoffte, darauf nie angewiesen zu sein. Französisch hatte man von Marcel Marceau gelernt und verließ sich auf dessen Aussagekraft, und mit Englisch, Boogie und Rock 'n' Roll sei Dank, war's so ähnlich. Man hoffte also auf Latein und das alte Griechisch. Und natürlich auf viel, viel Glück.

Zunächst, bemerkte man, konnte man sich auf das verlassen, was man kannte. Da der Orient in Wien begann, wie es oft heißt, hätte man seine Strukturen dort schon sehen können, doch so sah man Wien auf dem Balkan, den milden Glanz eines Spiegels, den man ein halbes Jahrhundert zu putzen vergessen hatte. Das begann bei den Bahnhöfen, deren Orte nun ganz anders hießen, als man sie aus alten Atlanten kannte, die aber immer noch in der preiswerten Pracht der späten Monarchie prunkten, von der Donaumonarchie an die der Südslawen vererbt, die es nun auch nicht mehr gab. Die gipsernen k. u. k.-Embleme aber gab es in verschiedenen Größen, das spätere jugoslawische aber nur in einer, und wo das Wappen des alten Kaisers unter dem des späteren Königs als übergroße Grundlage zu sehen war, hatte man einen Tito darüber gehängt. An der Allee zur Stadt standen Bänke mit Gusseisenrahmen, und sie erinnerten nicht nur vom Aussehen an die in der Praterhauptallee, sondern auch in ihrer Verwendung. Scheinbar für alle da, waren sie genau das nicht, sondern wie präzise verteilt, und es fehlte nur das Schild »Reserviert für … am … von bis«. Dem Bahnhof zu saßen die Sozialisten, säuberlich verteilt auf Widerstandskämpfer und Altgenossen, während den Normalmitgliedern die andere Straßenseite gehörte. Weiter der Altstadt zu dämmerten indifferente Rentner, und nach ihnen machten sich Veteranen der Ustascha breit. Diese präzise Ordnung des eigentlich öffentlichen Raumes machte es schon in Wien riskant, sich einfach auf einen freien Platz zu setzen, und war in unbekannter Umgebung ein Hasard, dem man sich besser nicht aussetzte. Man wurde nämlich, verborgen im Windschatten scheinbarer Freundlichkeit Ortsunkundigen gegenüber, einem gnadenlosen Verhör unterzogen, doch das war auch in jenen Ecken nicht anders, in denen Gleichaltrige herumstanden. Mit denen aber konnte man leichter reden, da ihnen das Gedächtnis der Alten fehlte, das zu Vorurteilen geronnen war und nur noch wissen wollte, wieviel von Hitler in einem stecke. Sprach einen jemand mit »Heil Hitler« an, wusste man natürlich, dass man einen Widerstandskämpfer vor sich hatte, denn die wirklichen Faschisten hielten der Zeiten wegen das Maul und offenbarten sich erst zu vorgerückter Stunde und Besoffenheit.

Seltsam, dass diese Beobachtungen die stärksten waren und das wirklich Befremdende erst sehr viel später auffiel: die Kioske, an denen die älteren Männer schon zum Frühstück Weißbrot mit Slibowitz genossen, der Kaffee, der hier

»türkisch« gebraut und grauenvoll gezuckert wurde, die bäuerliche Küche, die sommerlich scharf schmeckte und den Magen schnell schwer werden ließ, die altmodische Großzügigkeit, mit der Brot geschnitten wurde oder ein Teller serviert … Man konnte sich nur mit einigen Wortfetzen behelfen, die man als Kind vom Personal gehört hatte, natürlich auch mit Händen und Füßen, doch wenn man Bitte und Danke konnte, reichte das meistens. Saß man aber am Abend in einem Lokal, merkte man schnell, dass die meisten Alten etwas Deutsch konnten, und dann wurde man wieder ausgefragt. Die Jungen aber lernten Englisch, und zusammen mit den paar Brocken Russisch, die man aus der Schule mitgeschleppt hatte, konnte man herausfinden, dass sie sich für Amimusik interessierten, Bluejeans und das bunte Plastikzeug, das derzeit den Westblock überschwemmte. Alle wollten sie Amis werden, und die Mädchen waren viel selbstbewusster als im Westen.

Die Welt war schon lange in Ost und West zerfallen, und ihre Hälften waren sehr unterschiedlich, doch da nicht: Über Frauen redeten nur Männer, und das auch nur, wenn keine dabei war. Immer ging es darum, wie unersättlich sie seien, dass aber der Erzählende so großartig war, dass er sie und natürlich auch viele andere zu deren voller Befriedigung geschafft hatte. Man kannte das, doch je weiter man reiste, desto großartiger wurden die Männer, wenn sie davon redeten, und desto geschwinder und unpathetischer verabschiedeten sie sich, sobald ihre Freundin in der Dämmerung auftauchte und so tat, als sehe sie nichts und niemanden. Nun ja, sie wurde ja gesehen, und mehr über ihre Macht oder gar Witze darüber wollte von den so jungen Männern, wie man selbst war, auch niemand hören.

Von den älteren Leuten, vorwiegend alten Sozialisten, konnte man preiswerte Übernachtungsmöglichkeiten erfahren, vorwiegend bei Genossinnen, die Zimmer vermieteten, um etwas Zubrot zu verdienen. Die meisten konnten etwas Deutsch, die Slowenen, Kroaten und Bosniaken noch aus der Monarchie und die Serben von der Nazibesatzung, und sie sprachen es deshalb überhaupt nicht gerne in der Öffentlichkeit. Sie mussten es aber dann doch, zumindest wenn es um den Zimmerpreis und die Art des Frühstücks ging, und dann der Neugier wegen, denn sie wollten wissen, was man anderswo dachte. Man musste also viel und langsam sprechen. Viel ging wegen langsam. Man konnte jedes Wort durchdenken und auch immer wieder die folgenden und den Satz, den sie erzählen sollten, und verhaspelte sich nicht im Nochnichtgedachten durch Stottern oder im Nichtüberdachten durch Ähs, Ömms und Nnns. Er nahm sich vor, dabei zu bleiben, und nur wo ein Satz vom Denken her einfach sei, seiner Zunge die Zügel zu lassen.

Für Professor Z. in Belgrad hatte man von Franz David einen Brief mitbekommen, und geschrieben hatte Franz ihm auch, so dass man herzlich empfangen wurde. Herr Z. war ein hohes Tier, nämlich Verfassungsrichter, und er meinte, er müsse eben Herrn Tito die Verfassung richten. Wie Franz ging er mit dem Jahrhundert, hatte in Wien studiert, war aber Albaner. Er fand Jugoslawien nicht so schön wie man selbst, sondern nur als »eine machtgestützte Pause, bevor sich alle wieder an die Kehle gehen«. Schuld daran seien die Osmanen, die jahrhundertelang nach dem römischen divide et impera geherrscht hätten. Die Steuerermäßigung von zwölf Prozent für Muslime habe viele Familien zerrissen und zu dem ewigen Neid verdammt, der zwischen Serben und Albanern oder Bosniaken herrsche, und Kroaten und Slowenen seien für immer durch die Militärgrenze getrennt, eine historische Sperre gegen die Osmanen, da auch die ungarische oder österreichische Verwaltung ihre Feinheiten hatten. Den größten Blödsinn aber hätten die Siegermächte 1919 mit dem Königreich Jugoslawien gemacht, das als ein serbisches von Anfang an nicht funktioniert habe, und nun beiße sich Tito, »ein bedauernswerter Romantiker«, an diesem Kuddelmuddel die Zähne aus, und man solle den durch Gewalt erzeugten Frieden genießen, solange man könne, denn unter den sozialistischen Gehwegplatten brodle die historische Lava. Der Herr wirkte sehr düster, war aber überwältigend gastfreundlich. Weil er das, wie er sagte, seiner albanischen Herkunft schuldig sei. Seine Frau war vor einem halben Jahr gestorben, und nun führte deren Schwester den Haushalt, da sie auch schon Witwe war. Sie hatte eine Tochter, etwa im Alter von einem selbst, und die machte es sehr, sehr schwer, sich auf das Gespräch zu konzentrieren. So ging ihm das oft, eigentlich immer, und es ärgerte ihn, dass eher seine Hose dachte als sein Kopf. Das brachte nichts und ließ ihn nur dumm dastehen. Vielleicht ließ sich auch das durch Denken lösen.

Drei Tage später versuchte er es an einem dafür nur teilweise geeigneten Ort. Ohrid ist ein See mit Landschaft drumrum, und dort, wo viele Segenbäume wuchsen, hockten sehr mittelalterliche Klöster. In einigen Dörfern gab es auch Moscheen, aber die waren alle sehr viel jünger, denn – so erzählte ein Serbe – hier war urchristliches Gebiet, immer schon, sogar lange vor der Zeitenwende. Ihre Kirchen waren düster und voller byzantinischer Fresken. Die Männer schauten erleuchtet, die Frauen gesittet, und dass zwischen ihnen etwas anderes sei als Gott, verbot sich zu denken. Nein, das war kein Ziel, in Heiligkeit resigniert und wahrscheinlich kastriert. Draußen im frommen Schatten mannten die Männer und mutterten die Frauen, und die Jungen balzten und protzten. Womöglich war das letztlich doch das Beste, auch wenn sich jeder dabei zum Trottel machte. Vielleicht war das gerade das Menschliche, selten so benannt, wenn auch in allen Romanen immer so beschrieben. Er beschloss also, sich zu seiner Narrheit zu bekennen, wenn er auch vorhatte, dies stets nur im Geheimen zu tun.

Ein kleiner Straßenstand, nicht weit vom kinderbeplanschten Seeufer, hatte so preiswerte Rasniči, dass sie mit sich und Tito versöhnten. Sein Sozialismus hatte Geschmack, leicht rauchig, angenehm knusprig und doch auf der Zunge fast schmelzend, mit der rassigen Beigabe frischgehackter Zwiebeln … Die Welt war schön.

Nein, Griechenland war eine einzige Enttäuschung. Natürlich hatte man gewusst, dass die Menschen schon längst anders sprachen, wenn sie auch noch so schrieben und man sich aus der Schrift einiges zusammenreimen konnte, auch, dass über die ehrwürdigen Trümmer viele Völker und Lord Elgin dahingetobt waren, doch man hatte nicht gedacht, dass auch das Volk verschwunden war. Dagegen hatten die meisten Jugoslawen, ja sogar Albaner das vielbeschworene klassische Profil. Man war am frühen Nachmittag in Omonia angekommen und hatte eine preiswerte Pension am Rand der Altstadt gefunden. Darüber hockte im Gegenlicht die Akropolis und auf ihrer anderen Seite war das alte Athen, aber für das musste man Eintritt zahlen, und dort wohnte niemand. Für die Akropolis war es zu heiß, und dort sollte man auch zahlen. So sah man sich also zunächst vor dem Königspalast die Leibgarden an, die Griechenlands Männlichkeit repräsentieren sollten. Sie sahen wirklich prächtig aus, nur unter ihrer Operettenuniform trugen sie weiße Flatterröckchen, die fatal an Tutus erinnerten. Drunter trugen sie allerdings Höschen, die sie bei ihrem Stechschritt oder Cancan im leichten Nachmittagswind fleißig präsentierten. Feinripp, ziemlich ausgeleiert, und der ölige Glanz zeigte sich als Schweiß. War da etwas von der Antike geblieben, wirkte es doch fürchterlich schal, vor allem wenn man dazu an Homer dachte. Aber vielleicht war auch die Antike ein rabaukiger Kindergarten gewesen. Ja, auch in der Altstadt gab es einiges Alte, doch das wurde tagsüber nicht beachtet, und nach dem schnellen Sonnenuntergang verwandelten sich die Straßen urplötzlich in laute Kneipen und die beleuchtete Restantike in deren Aushängeschilder. In manchen Ecken hockten besonders schmierige Hellenen, und dort roch es auch gelegentlich sympathisch, doch das erinnerte nur an die Klischees vom südlichen Leben. Man ging zu Schliemanns Haus, das in einer Hauptverkehrsstraße war, im unruhigen Halblicht der Nacht eine sympathische Zigarette rauchen. Im Licht der Autos flackerte ein riesiger Gründerzeitkasten, der nur zeigen sollte, wie weit es ein Mecklenburger Pastorensohn bringen kann. Seine gekaufte Braut und Witwe hatte darin noch lange nach seinem Ableben residiert, düster wie Cosima mit einem ebenso zerquetschten Sohn, und verteidigte die geniale Naivität des Parvenus, Homer beim Wort zu nehmen. Irrtümlich hatte er die Wahrheit durchgraben, ein Schatzsucher, dessen Verheerungen noch Generationen beschäftigten, ein wüstes Genie. Später setzte man sich doch vor eine Kneipe. Drinnen spielte ein Quartett, und eines der Instrumente hieß Bouzouki. Das hörte er von einem schon leicht illuminierten Mittfünfziger, der Speditionskaufmann war und deshalb etwas Deutsch sprach. Das seien alle Manges, hörte er, »keine richtigen Griechen«, denn sie seien zwar Griechen, aber durch die Vertreibung aus der Türkei gekommen. Von dort hätten sie alle türkischen Unarten mitgebracht, von der Musik und dem Tanz bis zu, ach ja, Haschisch. Doch das hatte man schon gerochen. Später kamen noch zwei bedeutend aussehende Polizisten, doch der Speditionskaufmann beruhigte einen, und durch den Nebel der Kneipe sah man, wie sie vom Wirt diskret Geld nahmen. So kam man also miteinander aus. Wie in Österreich.

Der junge Mann fühlte sich behindert. Sein Vorwissen, das sich nun als wirklich wertlos erwies – er hatte derlei während seiner Bildung stets befürchtet –, hinderte ihn, das Gegebene zu sehen oder gar zu verstehen. Alles in ihm drängte zu Flucht, denn die Welt, die er sich so lange vorgestellt hatte, zeigte sich als Reinfall. Er musste etwas sehen und erleben, das er sich nicht vorher ausgemalt hatte und das deshalb nur enttäuschend sein konnte. Es zog ihn nach Ländern, die er höchstens aus dem alten Meyer kannte und die ihm deshalb sehr viel mehr zeigen konnten, da dort die Zeit ziemlich sorglos über die Sortierversuche der Enzyklopädiker getrampelt war. Hoffte er, und an Ländern hatte er da Auswahl. Nachdem er das mit sich abgemacht hatte, wurde ihm Athen viel leichter. Er kletterte in benzinparfümierter Hitze auf die Kalkwüste der Akropolis und beobachtete eine Gruppe sich für gebildet haltender Amerikaner, die mit gescheiten Büchlein und Kameras bewaffnet einem griechischen Studenten lauschten, der seinen Text ziemlich auswendig leierte, und das phantasierte antike Leben fotografierten, jeweilige Bekannte inklusive. »Es ist, als hätte ich Sokrates getroffen«, flötete eine Dame mit Blumenhut, als sie dem Studenten ein mäßiges Trinkgeld gab, und der grinste harmlos. Was hätte sie ihm verabreicht, hätte er sich in Ironie ergangen? Im Nationalmuseum hielt Agamemnons Maske Siesta, und man wäre dem gestrengen Krieger ungern in anderem Zustand begegnet. Ihre heroische Zeit war schon in der Abenddämmerung, als die klassischen Statuen entstanden, und Alexanders Erben trieben alles in gründerzeitliche Protzerei, ein bisschen Herrn Schliemann ähnlich. Für den Abend war ein Brillantfeuerwerk auf der Akropolis angekündigt, und das sah man sich vom Rand der Altstadt her an. Es waren aber nur ein Dutzend Raketen und viel bengalisches Feuer, das von einigen Mauern heruntertröpfelte und das den Rest des Abends überall stank. Aber davon war man nicht mehr enttäuscht – so war es eben mit der Vorstellung von Antike.

Und dann hatte er doch ein antikes Erlebnis, aus heiterem Himmel und an unvorhergesehenem Ort. Auf dem Weg nach Osten. Man war mit dem Bus über eine Brücke gefahren, die ein sehr bayerisch aussehender Löwe bewachte, und gleich jenseits war Panne. Der Motor stotterte, etwas in seinem Inneren krachte, und der Fahrer steuerte den Kasten auf die Wiese. Er leerte sich schnell, und die Männer begannen eine laute Debatte um die Motorhaube, während sich Frauen samt Kindern auf die Wiese hockten. Einige Minuten später wurde der nächstkommende Wagen aufgehalten, und so viel zu verstehen war, sollte er aus dem nächsten Ort einen Mechaniker holen. Dann begann ein Picknick, denn die Griechen auf dieser Route waren erfahrene Busfahrer.

Der junge Mann ging spazieren, natürlich ohne den Bus aus den Augen zu lassen. Es wurde ein behaglicher Nachmittag. Alle fünf bis zehn Minuten kam ein Fahrzeug, der Löwe erinnerte an irgendwelche Gefallenen irgendeines Kriegs samt Datum, in der Nähe oder doch einiger Entfernung sollte die Residenz des makedonischen Philipp gewesen sein, und man setzte sich an den Rand des lockeren Hügelwaldes auf eine sympathische Zigarette. Der Küste zu, die man nur an ihrem Dunst erahnen konnte, wurden einige Felder bearbeitet, aus der näheren Ferne schnatterte das unfreiwillige Picknick, und um einen herum summten die Bienen des Herrn Hesiod. Einige Vögel im Wald übten orphische Klänge, und die Businsassen gaben sich nach dem Picknick dem Schlummer hin. Man wartete auf Pan, doch weit nach dessen Zeit kam der Mechaniker in einem Tempo-Dreiradwagen und mit ihm die Welt zurück. Er klopfte und schraubte bis über die Dämmerung, doch erst als der Motor losstotterte, begann die bukolische Gesellschaft ihr Gepäck einzuräumen, und weit nach Mitternacht landete man am tiefschlafenden Ziel. Durch ein mediterranes Wunder gingen einige Lichter an und schlaftrunkene Wirte öffneten wieder ihre Kneipen, um das für ihre verspäteten Gäste vorbereitete Essen doch zu verkaufen. Man fand sogar noch für den kurzen Schlaf ein Pritschenbett auf einer Veranda.

Was Nachbarn einander antun können, sah man drei Tage später an der Grenze. Griechen wie später Türken wühlten sich militant durch das Gepäck der Reisenden und schnauzten sie an. Nur mit dem Mitteleuropäer konnten sie nichts anfangen, zumal er das Zeug in seinem antiken Rucksack tags zuvor gewaschen hatte, und knurrten nur warnend. Das Bächlein, das als Grenze fungierte, durfte sich geehrt fühlen, zumal der türkische Bus, in den man umsteigen musste, noch anderthalb Stunden an der Grenze wartete. Dann aber ging alles sehr schnell. Lange Zeit nur Hügel voller Sonnenblumen, dann rechts die Dardanellen, dann wieder Hügel voller Sonnenblumen, aber gelegentlich auch kleine Dörfer, dann rechts das Marmarameer, dann kleine Dörfer, und der Verkehr wurde zäh. Er wurde immer chaotischer, ein Chorgesang aller möglichen Hupen, und man merkte kaum, wie die Häuser immer mehr wurden. Plötzlich fuhr der Bus durch die Trümmer einer uralten Mauer, und als er gleich danach hielt, sah man über eine weite Fläche, die das Hippodrom sein musste, die Hagia Sophia wie eine Schildkröte hocken, die man mit vier Bleistiften festgenagelt hatte. Man wollte in diese von Straßenlampen gesäumte Dämmerung gehen, als man von einem Gleichaltrigen angesprochen wurde, in einem holprigen Englisch, das man gerade verstand. Ob man ein preiswertes Hotel suche. Man wusste, dass es solche Jungen gab, da auch in Wien kleinere Hotels Schlepper auf den Westbahnhof schickten. Doch Osman war sympathisch, und so rauchte man auf einer Parkbank am Rande des Hippodroms eine sympathische Zigarette. Nein, zwei, denn die andere richtete Osman zu. Auch der Preis für das Zimmer war sympathisch, und so stapfte man am frühen Abend über steile Wege hinunter zur Galathabrücke und dann ein wenig hoch, zum Hotel von Osmans Eltern. Das Zimmer war winzig, aber sauber, und mehr brauchte man nicht. Osman war richtig stolz auf sich. Auch für das Abendessen wusste er einen guten Platz, etliche Treppen und Straßen höher, die man nur zur nächsten Treppe überquerte. Plötzlich kam man in eine glasüberdachte Gasse, die tagsüber der Blumenmarkt sein sollte, doch jetzt voller Garküchen und fröhlichem Leben war. Die Sachen schmeckten besser als in Athen, das geröstete Schafsgekröse war ein Genuss, und dazu flossen dünnes Efes-Bier und Ouzo, der hier Raki hieß. Das seien alles nur Vorspeisen, sagte Osman, da anständige Türken das Nachtmahl nur zu Hause nähmen, doch es war schon ziemlich spät in der Nacht. Dennoch drehte Osman vor dem Hotelchen noch eine sympathische Zigarette.

Tagsüber arbeitete er im Großen Basar auf der anderen Seite des Goldenen Horns. Er lauerte auf Touristen, spielte den auf Englisch neugierigen Ortskundigen und lockte sie zu Läden, aus denen er später diskret seine Provision abholte. Er hatte etwa neun Kollegen, und gelegentlich machten sie Pause und rauchten bei der Moschee, die im Basar ziemlich oben war und wo religiöse Bücher verkauft wurden. Osman wollte unbedingt für seinen Beruf etwas Deutsch lernen, denn es ging den Deutschen ja wieder gut, und sie würden wohl demnächst kommen, und man bemühte sich. Die Hagia Sophia war verstaubt und trotz aller Besucher leblos. Als sie neu war, schlidderte ihr Bauherr über die zartfarbigen Marmorplatten und wollte Salomo übertroffen haben – wieder legte das Vorwissen eine verschlierte Scheibe über die Wirklichkeit –, und im Vorgarten waren die Grabmale von Sultanen und vieler erwürgter Prinzen. Die Erbfolge im Herrscherhaus war ein blutiges Geschäft. Sein Palast dagegen war viel weniger protzig, eine gut gesicherte Kaserne hinter einem von Wilhelm Zwei gestifteten Brunnen mit einer großen Geschirrabteilung chinesischer Provenienz, vielen eleganten Pavillons und einigen Schätzen. Einige waren scheußlich, wie ein brillantverkrustetes Service, manche skurril, wie der Bart des Propheten – ein einziges Haar in einem sehr barocken Gehäuse –, und am meisten gefiel dem jungen Mann ein Döschen aus Smaragd, das er vom Grafen von Monte Christo zu kennen glaubte. Abends zog man mit Osman und seiner Gang durch viele kleine Kneipen und lud sich gegenseitig ein. Das kam manchmal etwas teuer, und am Abend schlüpfte Osman noch schnell ins Zimmer auf eine sympathische Zigarette. Jeden zweiten Tag hatte er einen anderen Stoff bei sich, und er pries die jeweiligen regionalen Qualitäten wie ein Winzer seine Kreszenzen. Der Geschmacksunterschied war allerdings minimal, und so bekam man nur einen Eindruck davon, wie Osman in seinem Tagesgeschäft die Touristen köderte.

Man wollte ja weiter. Dazu musste man mit der Fähre nach Asien, und in Haidarpasa kaufte man eine Fahrkarte nach Konya, der Sufis wegen. Außerdem hatte man sich damit selbst das letztlich doch teure Istanbul begrenzt. Am Abend kratzte Osman wieder an die Tür, roch frisch geduscht und hatte ein Wickeltuch um. Als die sympathische Zigarette geraucht war, stand er plötzlich auf, warf das Wickeltuch von sich und sagte, er wolle sich schenken. Man saß verblüfft, doch Osman grinste wie ein Caravaggio-Amor und sagte, so oft würde er das auch nicht tun. Es war gut. Vom nächsten Tag verbrachte man einen Großteil im Hamam, dem Bad, das aus der Antike kam, zur Nacht legte sich Osman zu einem ganz selbstverständlich ins Bett – es war auch alles selbstverständlich –, und am nächsten Morgen brachte er einen nach Asien zum Bahnhof und meinte, man solle ihn nicht ganz vergessen. Wie denn – unter den vielen kräftigen Gerüchen im Zug blieb Osmans Duft ganz leicht in der Nase.

Nun war man wirklich in Asien. Zuvor waren das eher Andeutungen, etwa wenn einem ebenso würdigen wie provinziellen Herrn eine schwarzverschleierte Säule folgte oder aus irgendeinem Grund am Gehweg ein Hammel geschlachtet wurde. Nun aber wurde Asien körbeweise in die Waggons gewuchtet und Hammel stationsweise dazu, und man tröstete sich damit, dass es Richtung Istanbul viel schlimmer sein müsse. Die Frauen wurden voluminöser und bunter, und um den Hals hatten sie ein weißes Tuch, das sie beim Sprechen vor den Mund hielten. Die meisten Männer hatten viel zu schweres, schwarzes Tuch an, kommandierten effektvoll und saßen dann leise murmelnd in einer Ecke, ihre Habe belauernd. Die Schaffner sahen aus wie Operettenjunker und benahmen sich auch so, und der Ruß der Lokomotive verteilte sich aus den offenen Fenstern über die Menschheit. Manchmal hielt der Zug aus irgendwelchen Gründen auf freier Strecke, manchmal tat er, als hätte er's eilig, und Blumenpflücken war während der Fahrt verboten. Man las, wo man war, aus einem türkischen Reiseführer in Deutsch – hoffentlich würde Osman nicht daraus Deutsch zu lernen versuchen – und nährte sich von mitgebrachtem Schafkäse und Brot. Der große Schrecken kam, als man aufs Klo musste. Es waren alte englische Waggons mit schmalwandigen Gusseisenklos, und von Osman hatte man die Landessitte gelernt, sich im Hocken zu erleichtern; doch hier, in diesem oft heftig ruckelnden Zug, war das Hocken auf schmalem Grat doch ein wildes Abenteuer, wie die Unfallspuren an den Wänden fast einen Meter hoch zeigten, und auch die Treffsicherheit war, siehe Boden, nicht groß. Schnell schloss man die Tür, und am Abend kam man mit fast platzender Blase in Afyon an, der Stadt, die dem oder

der das Opium seinen Namen dankt, aber das war nur ein Bahnknotenpunkt mit sehr harten Bänken im Wartesaal, aber wenigstens einem benutzbaren Klo.

Am zweiten Tag erreichte man in einem Zug, der seinem Ziel zu immer türkischer und chaotischer wurde, Konya. Die Altstadt hatte einen ziemlich runden Wall, auf dem viele seldschukische Bauwerke standen, also aus der Zeit vor den Türken, und der wichtigste Industriezweig schienen Holzlöffel zu sein. Mevlanas Kloster lag etwas außerhalb und war ein Museum mit vielen Pilgern. Der Museumsstaub mischte sich mit dem Schweiß vieler Frauen, die um das Heiligengrab rotierten und dessen Silbergeländer polierten. Die Wärter guckten streng, und der junge Mann überlegte, warum ausgerechnet Frauen hier beteten. Mevlana war schon ein berühmter Gelehrter, als er sich Hals über Kopf in einen Wanderderwisch verknallte. Der Geliebte wurde irgendwann von Mevlanas moralischen Schülern erschlagen, und Mevlana schrieb fortan sehr versreiche Liebesgedichte, die man sowohl auf Gott als auch seinen Geliebten beziehen konnte, und Frauen baten ihn wie alle anderen türkischen Heiligen um Kinder. Wollten sie damit ihren besitzstolzen Männern zeigen, dass sie in Sachen Reproduktion eher auf oft frauenlose Heilige setzten als auf die Potenz ihres irdischen Gebieters?

Für den Abend war in einem nahen Gebäude eine »Darviz Dancing Show« bei preiswertem Eintritt angekündigt, und dort saß man mit einem halben Dutzend Amis, einigen Franzosen, Engländern und zivilisierten Türken wie in einem Zirkus. Die Tänzer drehten sich zu ansprechender Musik mit ihren langen Röcken im Kreis, bis sie wie Tischlampen aussahen. Einen traf man später. Er war Student der

Anthropologie und machte Derwisch, weil schon sein Vater zu einem solchen Orden gehörte. Er aber mache es nur aus wissenschaftlichem Interesse, da er wissen wollte, warum man beim frommen Drehen keinen Drehwurm bekomme. Man müsse nur durch den Schwindel durch und dahinter Gott erkennen. Aha. So konnte man's natürlich sehen, nein, eigentlich eher nicht, und da man türkische Eisenbahnen auch genügend genossen hatte, fuhr man mit klapprigen Bussen weiter, wurde von gestrengen Zöllnern beäugt, die sich zwischen die jüngst zugestiegenen Schafe quetschten, und bestieg in einem Weißnichtmehr-Warnichtwertgemerktzuwerden-Kaff wieder einen Zug und landete in Täbriz. Es war ein persischer Zug und stank geradezu vor lauter Sauberkeit und ihren Reinigungssäuren. Mossadeq saß hinter Gittern, und der Schah zeigte sich als strenger Demiurg, denn Insch'Allah, wie das hier hieß, war für ihn gleich mit in God we trust. Das Volk musste ihn einfach lieben, und viele fürchterlich schwarze Polizisten gaben Acht. Die Frauen hatten freudlos geblümte Tücher überm Kopf, und sobald sie vermuteten, gesehen zu werden, machten sie den Vorhang zu und sahen aus wie Pinguine.

Der Bahnhof von Täbriz hätte Stalin alle Ehre gemacht, und die Altstadt war eine staubige Baustelle, weil es ja aufwärts gehen sollte. Die Blaue Moschee aber, von der man so viel gehört hatte, dass man sie trotz umständlicher Fragereien auch sehen wollte, war eine Ruine inmitten von Baustellen, weit außerhalb der Stadt. Erschöpft kann man zurück – Taxis waren unverschämt teuer – und setzte sich unter das Vordach eines Straßencafés zwischen langsame Männer. Sie sogen in kleinen Gruppen aus Wasserpfeifen, jeder hatte sein eigenes Mundstück, und aus einer duftete es sympathisch. Man rollte sich selbst eine ebensolche Zigarette, und einer der Raucher konnte sogar einige Brocken Deutsch, denn er war der regionale Hoechst-Vertreter. Es wurde ein sehr angenehmer Abend.

Das war trotzdem kein Land für einen. Die Männer waren furchtbar männlich und hatten einen Hüftschwung wie Bauchtänzerinnen, und so war fast alles in streng geprügelter Hygiene. Als man mit allen möglichen Verkehrsmitteln nordöstlich kam, bereicherten immer mehr düstere Männer in weiten Umhängen das freudlose Bild und waren Mullahs. Dafür verschwanden aus den Lokalen der süffige Wodka, und auch die sympathischen Gerüche wurden weniger; die Polizei aber sah immer grimmiger drein. »Die Leute wollen eben getreten werden, das sind sie seit Jahrhunderten gewohnt«, sagte ein Mitreisender sehr leise. Überall war man ausgeschlossen, ein Fremder unter Fremden, denn die wenigen Leute, mit denen man ins Gespräch stammeln konnte, waren selbst Reisende.

Gonbad y Kabus bestand aus einem sehr mittelalterlichen Turm, dem schon sehr imponierenden Grabmal eines mittelalterlichen Tyrannen, mit neupersischer Zementstadt drumrum, und da sah man das erste Mal Männer, die noch viel pludriger und fetziger waren als Perser. »Afghani«, sagten diese sehr von oben, doch die waren sehr viel sympathischer. Nur war man bei ihnen im Gespräch auf Hände und Füße angewiesen.

An Meshed war man interessiert, und es war grauenhaft. Man wollte das Grab Harun al Rashids sehen, doch man durfte nicht in den von blaubunten Fliesen und Gold überkrusteten Komplex, denn daneben lag auch ein gewesener Imam, und daher war alles für Schiiten reserviert. Dabei wollte man nur sehen, ob die wirklich auf Haruns Grabstein spuckten. Der Märchenkalif war ziemlich unmärchenhaft verreckt und hatte sich »ein glänzendes Grab« gewünscht. Ein späterer Imam, also Gegner, hatte sich daneben legen lassen und so durch die Spucke seiner Anhänger dafür gesorgt, doch das durften Ungläubige nicht sehen. Der Pilgerbetrieb war gewaltig, wie man nicht nur am Eingangstor, sondern auch in den Lokalen sah. Und dazwischen schwebten viele, viele Mullahs mit Turban und eleganten schwarzen oder braunen Umhängen. Das war aber kein schöner Anblick, denn sie alle blickten düster und drohend, als hätte Allah ein freundliches Gesicht verboten. Mit solchen Typen wollte man nichts zu tun haben, auch ihre Schafe nicht – die beachteten ihre düsteren Hirten kaum, die mit ihresgleichen todernste Hahnenkämpfe markierten. Ein schreckliches Land, dessen Bewohner in Lokalen nur Chello-Kebab mampften, weil es anderes nicht zu geben schien. Nicht einmal einen Durchfall, das Lieblingsgesprächsthema aller Reisenden, konnte man davon bekommen. Nur fort!

Islam Quila heißt »Tor des Islam« und ist irgendwo in der Wüste, ein Nichts mit einer durch eine Steinlinie markierten Moschee und den dürftigen Bauten von Grenzwache und Zoll. Man bemühte sich, stoisch zu sein wie bei allen anderen Kontrollen, doch das war gar nicht nötig, denn hier ging es zwar auch hoheitsvoll zu, aber ganz gelassen. Des Zöllners Hoheitszeichen war ein würdiger Schraubenzieher made in Germany. Man konnte noch einen Tee vor einer der improvisierten Hütten trinken, und dann ging es weiter und holprig in die Dämmerung, richtig einschläfernd, bis die Fahrgäste unruhig wurden, erste Lichter am Straßenrand auftauchten und der betörende Geruch frischer Kebab-Spieße in Nase und Augen stieg. Man war in Herat und sah nichts in der petroleumerleuchteten Dunkelheit als Imbissbuden, dekoriert mit indischen Filmplakaten und an die Wand genagelten Schallplatten. Man stieg im ersten Haus am Platz ab, einer ehemaligen Villa aus den dreißiger Jahren mit wahrhaft spartanischer Möblierung und schlief traumlos.

Großvater hatte einem einige Visitenkarten in Couverts mit Namen und Stadtnamen mitgegeben – er habe eben immer noch Bekannte. Auf einem stand nach einer nicht ganz klaren Buchstabenfolge mit Pünktchen Khan, Herat. Man gab sie dem Hotelboy, der große Augen machte, aber nichts über Herrn Khan sagen wollte und gleich mit dem Fahrrad davonfuhr. Derweil sah man sich Herat an, also zunächst die große Moschee mit dem riesigen Bronzebecken, für das man sich keine praktische Funktion vorstellen konnte. Dass Herat einmal eine bedeutende Stadt war, sah man an den mit türkisfarbigen Kacheln geschmückten Resten der Zitadelle, die Tamerlans Sohn hatte errichten lassen und die eben nur Reste waren. Dann sah man einem Bäcker zu, wie er die Brotfladen flach zog, mit einer Art Kamm ritzte und mit Schwung in den glühend heißen Tiegel klatschte, an dessen oberem Rand er saß. Viele Jungen und einige total verhüllte Frauen standen Schlange, und die Frauen waren alle grüne oder himmelblaue Stoffgebirge, über und über plissiert und mit Fliegengittern vor den Augen. Man guckte sich also bedächtig um, und als man ins Hotel kam, stand der Boy sehr respektvoll neben einem jungen Mann in blütenweißem Afghani-Anzug, der sich als Enkel seines Großvaters und Ismail Khan vorstellte.

Es sei doch gerade Teezeit, und man solle mitkommen, da sich der Großvater sehr darüber freuen würde. Man ging also mit, und vor dem Hotel weckte er den Kutscher, dessen kleinen Wagen man schon gesehen hatte. Solche Vehikel waren überall in Herat zu sehen und dienten, prächtig geschmückt, als Taxis, doch dieses war undekoriert und hatte Sitze in Fahrtrichtung. Ismail erzählte, sein Großvater Ismail sei eigentlich schon lange im Ruhestand, und er habe fünf Cousins namens Ismail, nämlich von jedem Onkel einen. So komme die Familie mit wenig Namen und viel Verwechslungsmöglichkeiten aus – Ismail sprach ein sehr viel besseres Englisch als man selbst und hatte das auf dem deutschen Gymnasium in Kabul gelernt –, und währenddessen war man aus der Stadt gefahren, und es wurde grün. Überall waren Bewässerungsgräben, Dzuis genannt. In der Stadt wurde darin Geschirr und wahrscheinlich noch anderes gewaschen, doch Ismail sagte, es gebe immer zwei parallele, und der andere sei für Abwasser und so. Das habe sein Großvater eingeführt, und da bog man von der Straße ab ins Grüne, fuhr über zwei kleine Brücken, kam an eine große Mauer, ein alter Diener öffnete ein imponierendes Blechtor, und man fuhr in einen weiten Hof. Links und rechts waren Wirtschaftsgebäude und Wohnungen, in der Mitte aber eine große, klassizistische Villa, und auf der unteren Treppenstufe stand aufrecht wie ein Besenstiel mit Afghani-Anzug der Patriarch des Hauses, umsäumt von Ismails Vater und einem seiner Brüder. Die Vorstellung war bekannt, doch man hatte nicht gedacht, dass es irgendwo in der Welt noch solche Formen gebe. Man war in einer Zeitmaschine gelandet.

Der Salon bestand aus drei durch breite Bögen gegliederten Räumen, nein, aus zwei, denn der dritte war mit einem bunten Seidenvorhang abgeschlossen, unten schwer bestickt, so dass er sich nur bauschte, aber nicht hob. Man saß in einem großen Halbkreis auf breiten Sofas, und der Beinahethron, gegenüber und vor den blauen Jalousien, war Platz des Hausherrn, der deshalb kaum zu sehen war. Es war also behaglich, doch für einen selbst nicht recht gemütlich. Ismail brachte Tee, auf englische Art serviert, und der alte Herr erzählte in einem sehr englischen Englisch, dass er den Großvater im Mai 1914 kennen gelernt hatte, als er auf Europareise war und in Wien den Kaiser sehen wollte. Großvater führte oft aus dem Westen ankommende Adelsfrischlinge bei Hofe ein, und Herr Khan kam zwar aus Afghanistan, damals aber aus London. Und dann habe Großvater seinen Fünfzigsten gefeiert und Herrn Khan auch dazu eingeladen. Das sei sehr opulent gewesen – »Ja, der letzte Frieden. Das können Sie sich wahrscheinlich gar nicht vorstellen«. Konnte man nicht, doch dann musste man selbst erzählen. Das war nicht einfach, weil viel, und da alle höflich lauschten und einem so niemand half, den Faden weiter zu spinnen. Gelegentlich hörte man hinter dem Vorhang leise Laute – von dort her belauerten einen also die unsichtbaren Frauen, und all das wäre sehr ungemütlich gewesen, hätte man sich nicht wenigstens an Ismails Augen halten können, die ein wenig die Richtung des Gesprächs signalisierten. Nach gut zwei Stunden brachte Ismail dann eine Platte mit einem angenehm salzigen Imbiss, der das Ende des Verhörs signalisierte. Zum Schluss wurde man noch für ein Abendessen am nächsten Tag eingeladen und dann von Ismail zurück nach Herat kutschiert. Man habe die »Aufnahmeprüfung« gut bestanden, meinte er und gab einem außer einigen Ratschlägen noch die Adresse eines guten Schneiders für Afghani-Anzüge, denn es sei eben so, dass man angesichts der Möglichkeiten und Billigkeit der Schneider in Herat für solche Anlässe stets einen neuen Anzug machen lasse, denn für einen wirklich guten müsse man nach Kandahar reisen.

Man ließ sich also in Herat einkleiden, und der Sohn des Schneiders konnte so viel Englisch, dass man etwas über Herrn Khan erfuhr. Er sei »a very big man«, weil ihm in dieser Provinz so viel gehöre, dass er eigentlich ihr Chef sei, und er sei mit einer Schwester des Königs verheiratet, aber nicht des jetzigen, sondern eines schon längst umgebrachten, und er habe eine »very big« Familie. Ein Sohn sei Minister, einer General, und so polterte eine feine afghanische Familie auf einen herab. Herr Khan freute sich am Abend sehr, als man ihn mit Exzellenz ansprach, denn er war ja auch einmal Botschafter gewesen, und er erzählte so viel davon, dass man dankbar schweigen durfte. Die Frauen saßen wieder hinter dem Vorhang im Nebenraum. Manchmal kommentierte eine resolute ältere Stimme den alten Herrn, begleitet von hellerem, leisem Gekicher, doch man verstand die Sprache nicht, und die Männer im Raum verzogen keine Miene.

Dann wurde es nebenan kurz laut, und gleich darauf kam durch den Vorhang der General in Zivil, gab erst dem Patriarchen einen Handkuss und begrüßte dann die anderen, und erst danach wurde man vorgestellt. Währenddessen wurde nebenan der Tisch gedeckt, doch den gab es nicht. Zwei Diener rollten einen großen Lederteppich aus und darauf ein sehr europäisches Tischtuch. Auf das kamen große Metallplatten, und davor wurden breite Sitzkissen gelegt. Danach kamen sie mit einer schönen Waschgarnitur, und alle wuschen sich die rechte Hand, und dann wurde man platziert. Der Hausherr saß mit dem Rücken an der Wand, man selbst ihm gegenüber, und Ältere immer rechts von Jüngeren. Dann stellten die Diener üppige Schüsseln vor den Hausherrn, der aus jeder ein Häppchen nahm, um zu beweisen, dass nichts vergiftet sei, wie Ismail flüsterte. Dann reichten Diener die Schüsseln herum, und die Jüngeren legten den Älteren vor. Dann machte der Hausherr ein Zeichen, zuzugreifen, doch die anderen warteten, bis man selbst aß. Es gab braunen, sehr würzigen Reis, Hammelragout, Hähnchen, etliche Gemüse und Salate, knuspriges Brot, und alles war so gut wie zu viel. Man fühlte sich geehrt und pappvoll, doch Ismail legte immer wieder nach, und man wusste nicht genau, ob er freundlich oder boshaft grinste. Dann sagte er, dass man in Afghanistan immer so lange auffülle, bis der Gast den Teller wirklich nicht mehr leer bekomme. Das war das Einzige, was während des Essens gesprochen wurde, und dann kamen abermals Diener mit der Waschgarnitur. Als man wieder im Salon saß, fragte der Hausherr, wie man Afghanistan finde, und als man sagte, »nahrhaft«, lachte er und meinte, dass er ja wisse, was europäische Mägen zur Verdauung bräuchten. Nach einer Weile kam ein Diener mit einer Flasche uraltem Cognac. Das sei zwar für einen Muslim eine Sünde, lachte der Alte, doch ohne Sünden sei das ganze schöne Leben nichts wert.

Ismail kutschierte einen wieder nach Hause, und vor dem Hotel fragte man ihn, ob er Lust auf eine sympathische Zigarette habe. Ismail sagte, das sei zwar auch eine Sünde, doch die schlimmste sei, das in der Gegenwart des Vaters oder gar Großvaters zu tun, und dann holte er aus seinem Hemd einen wunderschönen Diskus von einer Qualität, wie man sie noch nie erlebt hatte. Während man ihn im Hotelgarten verkostete, erzählte er von Verwandten, die das machen ließen und im ganzen Land an die besseren Familien verkauften, aber auch nach Persien »und so«. Ismail schien ohnedies mit ganz Afghanistan verwandt. Ein Teil der Sippe lebte in der schönen Jahreszeit als Nomaden – für die weniger schöne hatten sie Personal –, ein anderer machte Geschäfte mit Indien oder Arabien und war also meist auch unterwegs, und auch in Regierung und Militär tummelten sie sich. Man konnte überall über sie stolpern, aber das sei so bei fast allen besseren Familien Asiens, meinte Ismail. Man selbst aber wunderte sich, wie weit Großvaters Arm immer noch reichte, obwohl seine große Zeit, wie er selbst sagte, mit dem Ersten Weltkrieg geendet hatte. Ob man am nächsten Tag Lust hätte, ein wenig die Gegend zu erkunden?

Man hatte, unvorsichtigerweise, denn am nächsten Tag kam Ismail angeritten, ein zweites Pferd am Halfter. Mit Schrecken erinnerte man sich daran, dass man ein miserabler Reiter war. Als Junge hatte man es versucht, mit Maxl, dessen Rücken so durchhing, dass man ihn bequem besteigen konnte, doch Maxl war tückisch und ging so nah unter Bäume, dass man sich auf den Bauch legen musste, um nicht weggekehrt zu werden, und wenn das nicht half, wälzte er sich. Auf einem wesentlich gutmütigeren Pferd war man einmal in Schweden geritten, ach, auch schon lange her, und wie Ismail daherpreschte, verhieß das nichts Gutes. Es sei das Pferd seines Großvaters, meinte er, nachdem er das bedrängte Gesicht ausgiebig genossen hatte, als sei das ein Trost, und es gehe zur Gasurgah, einem Heiligengrab und Picknickplatz. Damit ging's los, in einem Tempo, das für den Hintern wirklich hart war. Man bemühte sich zwar, wie Ismael im Steigbügel zu stehen, aber das gelang nur teilweise und tat auch weh. Man tröstete sich mit dem, was man trotzdem sah.

Herat musste einmal viel größer gewesen sein, denn schon richtig weit aus der Stadt waren plötzlich vier wunderschöne Minarette, Überbleibsel aus der Timuridenzeit, als Herat eine Hauptstadt der Welt war, und nach noch einer Strecke, die dem Hintern richtig weh tat, standen Ruinen riesiger Windmühlen und Getreidespeicher. Gasurgah sollte in einem Wäldchen liegen, hatte Ismael gesagt; nun ja, was man in der Steppe und Halbwüste unter Wäldchen verstand. Einige Bäume standen also vor einem ummauerten Komplex mit einem großen Holztor, hinter dem die Pförtnerfamilie wohnte. Ismael band die Pferde an, sprach kurz mit dem Pförtner, und dann durfte man hinein. Links und rechts war ein geistlicher Komplex, den man nicht betreten sollte, doch dahinter kam ein Garten, eigentlich ein uralter Friedhof, von ebenso schönen wie bunten Kachelmauern geborgen. Am Ende war ein großer Pavillon in bestem Timuridenstil und davor das Heiligengrab als Hügel, eher für einen Riesen gebaut und mit blendend weiß getünchtem Zement verputzt. Um der prominenten Fürbitte sicher zu sein, hatten sich etliche weniger fromme Fürstlichkeiten in seiner Nähe verscharren lassen, und auch von Ismaels Familie waren einige Vorfahren vertreten. Da kam auch schon der Pförtner mit einer Platte; darauf waren Tee und frische Spiegeleier. Brot und Obst hatte Ismael mitgebracht, und so picknickte man bei den Ahnen. Man selbst streckte sich allerdings aus gutem Grund nach Art der Römer aus. Möglicherweise lag es an der sympathischen

Zigarette, mit der man das Picknick beschlossen hatte, dass der Heimweg wesentlich leichter schien.

Dennoch begann Herat bald, rasant langweilig zu werden. Es war eine Provinzstadt und, wie man hörte, selbst für afghanische Verhältnisse. Man hatte nur eine Familie, zu der man gehen konnte, und ihr Rang verhinderte, dass man andere kennen lernte, aber auch, dass man zu ihr einfach gehen konnte. Man fühlte sich beengt und beobachtet, sprach ganz vorsichtig mit Ismael darüber, und der sagte, es gehe ihm ja noch viel schlimmer, denn er sei schließlich Enkel. Im Grunde sei ganz Afghanistan ein Dorf, in dem jeder mit jedem in irgendeiner Beziehung stehe und ihn deshalb genau beobachte. Aber man werde von allen beobachtet, weil Tratsch nun einmal eine schöne Sache sei, wenn auch vom Propheten verboten. Es war wie im Dorf der Kindheit, nur dass einen Ismail jeden Tag aufsuchte.

Am nächsten Tag kam er angeritten und fragte, ob man Lust auf einen größeren Ausflug habe. Er solle nämlich frisch gefärbte Wolle zu Verwandten bringen, und die wohnten derzeit zwei Tagritte weiter, denn sie lebten in Zelten und seien Nomaden. Nomaden! Am nächsten Morgen kam er sehr früh mit dem Pferd, das man schon kannte, und zwei vollbepackten Maultieren. Auf eines passte gerade noch der Rucksack, und diesmal ging es gemächlich, da jeder ein Maultier an der Trense hatte und dadurch behindert war. Ismail litt darunter, doch man war ganz froh. Lange ging es gemütlich von Dorf zu Dorf. Die ersten hatten noch kleine Teehäuser, doch die wurden allmählich Nebenbetriebe wie die Bauerngasthäuser in der eigenen Jugend, und auch die Entfernungen zwischen den Dörfern nahmen zu. Die Leute schienen sehr fromm, und zu den Gebetszeiten ruhte jede irdische Tätigkeit. Ismail war weniger fromm, doch sobald irgendein Landsmann in der Nähe war, hielt auch er Gebet. Dazu holte er ein Gebetstuch aus seinem Turban, denn der bestand aus etlichen Tüchern, die um ein Käppi gewickelt waren: einem schmalen Bettuch, einem Reservehandtuch, einem Anzug, und über all das kam noch ein Tuch zur Zierde, das die Stoffmassen zusammenhalten sollte. Nahezu mehr, als man im Rucksack hatte.

Kurz vor Sonnenuntergang hielt man vor einem ummauerten Gehöft – Ismail sagte, man habe es gerade noch rechtzeitig erreicht –, und gleich nach dem Abendgebet öffnete ein Junge das große Tor. Dahinter stand der Hausherr und begrüßte Ismail wie einen guten alten Bekannten. Danach wurde man in ein Gästezimmer geführt, das gleich neben dem Hoftor lag, und Ismail sagte, man sei bei Pächtern des Großvaters. Man wusch sich am Brunnen, der hinter einem Verschlag auf dem Weg zum Haupthaus war, und dann wurde man schon vom Sohn des Hauses auf die überdachte Terrasse davor gebeten. Das Essen war afghanisch-ländlich, also sehr gut, und zu Ehren der Gäste hatte man sogar ein Hühnchen geschlachtet. Die Überlebenden sahen beim Essen zu, denn gelegentlich fiel für sie ein Brotstückchen ab. Die Toilette im Hof, an der anderen Seite des Brunnens, war allerdings gewöhnungsbedürftig.

Am nächsten Morgen ging es noch durch einige Dörfer und dann rechts ab. Bald kam man in eine Nichtlandschaft. Man war noch nie in der Wüste geritten, doch Ismail sagte, das sei nur Steppe. Sehr staubig war sie jedenfalls, und oft sah man Luftspiegelungen, die man für eine Fata Morgana halten konnte. Das seien auch welche, sagte Ismail. Manchmal sah man, weit weg, irgendwelche Herden und bald darauf schwarze Zelte, die wie große Schildkröten aussahen. Natürlich wollte man wissen, wie Ismail wusste, zu wem er reiten sollte. Jede Sippe hatte ihr eigenes Fähnchen, an dem man sie schon von weitem erkannte, und außerdem sei schon seit Urzeiten festgelegt, wann wo eine Sippe ihre Zelte aufschlage. Deshalb seien in Afghanistan eigentlich alle Sippen mit allen im Krieg, denn es gehe nicht um die Äcker, das sei einfach, sondern um das Nichts, und das sei eben Prestige. Da verstünden Afghani keinen Spaß, und je niedriger ihr Rang, desto weniger. Deshalb habe er beim Pächter auch im türnäheren Bett geschlafen, und davor hatte dessen Sohn sein Bett aufgebaut, denn die Gäste müsse man schützen, auch wenn man deshalb als Erster erschlagen würde. Solange die Sonne scheine, würden sich Feinde aus dem Weg gehen, doch nach dem Abendgebet würde Afghanistan unsicher.

Deshalb hatte Ismael immer wieder auf die Uhr gesehen, doch erleichtert war er erst, als auf einem Hügel am Horizont drei Reiter standen. »Das sind meine Brüder«, sagte Ismail, um gleich darauf zu erklären, dass sie gar nicht verwandt seien. Man traf sich gerade rechtzeitig zum Abendgebet, und erst dann begrüßten sie einander. Sie umarmten einander auf afghanische Art, von der man wusste, dass sie ein sorgfältiges Abtasten nach verborgenen Waffen war, und man selbst wurde ignoriert, da die Begrüßung eines Fremden Angelegenheit des Ältesten war. Der saß denn auch vor seinem Zelt, als man angeritten kam, vor einer Art Fahnenstange, an der grüne, gelbe und schwarze Stofftücher hingen. Er saß in einem Rund von neun Zelten, und bei den dreien hinter ihm waren die Türvorhänge offen. Dahinter hockten Frauen, nicht verschleiert, aber mit einem Schal vor dem Mund, und davor hockten die Männer. Sie sahen ziemlich martialisch aus, da sie zur Feier des Tages alle Waffen angelegt hatten, und neben dem Patriarchen saß ein wirklicher Bruder Ismaels. Die Begrüßung war sehr feierlich und ein wenig familiär.

Während Tee serviert wurde, dachte man nach: Die Leute hatten einfach zu wenig zu tun und waren deshalb dauernd damit beschäftigt, Rituale noch komplizierter auszuarbeiten. Was die Afghani ihre Ehre nannten, war wohl ein Produkt lauterer Langeweile. Dann wurde man ausgefragt, und Ismail dolmetschte.

Nach einer Weile wurden die Satteltaschen der Maultiere gebracht und die Wolle von den Frauen sorgfältig überprüft. Sie benahmen sich ganz ungezwungen, vermieden aber, den noch Fremden anzusehen, den sie zuvor ausgiebig beglotzt hatten. Dann brachten jüngere Frauen einige Teppiche und zeigten sie Ismail, der tat, als würde er sie auch sorgsam prüfen. Ein Cousin von ihm hatte einen Teppichhandel in Deutschland, und für die Verwandtschaft war es ein gutes Zubrot, dafür zu knüpfen. Man beobachtete derweil die Hunde, und es fiel einem auf, wie lange man keine gesehen hatte. Doch, Straßenköter hatte es überall seit Griechenland gegeben, dreckig bis räudig, und man ging ihnen aus dem Weg. Doch diese waren edel und sehr selbstbewusst. Sie sahen den Hunden ähnlich, die man in Europa Afghanen nannte, waren aber größer und anders behaart und hießen Seloukis. Sie waren sehr kostbar, fast wie eine Frau, und seien ebenso gute Jäger wie Hirtenhunde, hörte man. Doch sie waren verspielt und begierig darauf, gekrault zu werden. Man sah seine Aufgabe für die kommende Zeit. Ohrenkrauler bei solchen Hunden war doch ein ehrenwerter Beruf, doch dann musste man sich die Hände für das Abendessen waschen, und das Wasser, hörte man, wurde aus einer halben Reitstunde Entfernung geholt. Die Jüngeren saßen dann noch hinter den Zelten bei sympathischem Rauch und lernten einander kennen, während der so genannte erste Herr vor seinem Zelt allein rauchte. Später wurde man ins Zelt der jungen Männer quartiert, als Gast natürlich weit vom Zelteingang, wo die Luft leider etwas stickig war, aber die anderen wollten lieber erschlagen werden, so denn Feinde kämen.

Die nächste Zeit lernte man viel über das Land. »Einer kam heim aus Afghanistan«, hatte man schon bei Fontane gelesen, und dass damals eine ganze britische Armee umgebracht wurde, war immer noch der Stolz aller Afghani. »Wir waren nie eine Kolonie«, sagten sie und leiteten daraus ihren ganzen Charakter ab. Den Begriff Treue beispielsweise in einem europäischen Sinn kannten sie nicht. Sie waren treu zu dem, bei dem sie Pächter waren oder der sie bezahlte, und wenn jemand ihren Herrn vertrieb oder sie besser bezahlte, waren sie dem treu. So war das Land ständig im Umbau, und einen König gab es auch, weit weg in Kabul, doch man wusste nicht so genau, wozu man ihn hatte. Seine Institutionen anzurufen kam teuer, und es gewann stets, der am meisten zahlte. Mit den wichtigsten Familien des Landes war er ohnedies durch Ehen verwandt, und solange ihn die am besten leben ließen, hatten sie's auch gut. »Im Grunde sind wir über eine Raubrittergesellschaft noch nicht hinausgeraten«, sagte Ismail, der ja selbst zur Speckschicht zählte. Demnächst sollte er verheiratet werden, wahrscheinlich mit einer Nichte des Königs, und ziemlich bald nach der Hochzeitsnacht sollte er in England studieren, natürlich vorausgesetzt, dass ein Kind unterwegs sei. Das sei afghanische Familienplanung, beim Adel jedenfalls, denn bürgerliche Söhne würden erst nach dem Studium verheiratet, weil sie dann mehr wert seien. Solche »gestifteten Ehen« seien ja auch in vielen Gegenden Europas üblich, und sie würden meistens gut gehen, da die jüngeren Leute genügend Zeit hätten, sich aneinander zu gewöhnen. Die Großfamilie helfe dabei, da alle jüngeren Frauen unter der Herrschaft der ältesten stünden, wie alle Männer unter dem Kommando des Sippenchefs. Man müsse ja miteinander leben.

Man hatte sich das als Kind einfacher vorgestellt: Nomaden waren frei, doch die man da kennen lernte, waren es nicht. Sie standen unter dem Schutz eines Grundherrn, der sie durch sein Land ziehen ließ, aber auch durch Bauernland, das ihm nicht gehörte – dann gab es eben einen kleinen Krieg –, und auch an den Geschäften, die Nomaden trieben, hatte der Grundherr seinen Anteil. Schließlich finanzierte er manche, zu sehr hohen Zinsen natürlich, und seine Verwandten oder Schützlinge waren selbstverständlich Ehrengäste, für die man zu schlachten hatte. Ismail war eben überall ein Prinz, und als einem das etwas unangenehm war, meinte er, er müsse ja auch damit leben.

Man lernte fleißig die Landessprache, von denen es hier zwei gab, weshalb sich die Leute wohl auch nicht gut verstanden. Man hatte schon sehr lange keine Frauen mehr gesehen, und hier waren sie so locker und offen, dass man sich mit ihnen gerne, wenn auch vorsichtig unterhielt. Da man nicht mit den Männern auf die Jagd gehen wollte, ihres wilden Reitens wegen, machte man sich nützlich und entwarf auf Anregung der Frauen Teppichmuster, von denen sie hofften, sie ließen sich in Europa besser verkaufen. Man wollte ja nicht nur Gast sein, auch wenn die anderen Männer süffisant grinsten. Über deren Jagdglück spotteten dafür die Frauen, denn es stand in keinem richtigen Verhältnis zu dem Theater, das sie darum machten. Zu zehnt zogen sie los und kamen oft mit einer kleinen Gazelle heim oder einem Hasen, den noch dazu ein Hund gerissen hatte, aber die Frauen meinten, so seien eben alle Afghani. Am liebsten würden sie vor lauter Mannesstolz einander umbringen, würde das nicht eventuell wehtun.

Man fühlte sich in dieser Gesellschaft als Drohne, schlimmer: als Gast. Und da man so viel über Gastfreundschaft als heilige Pflicht zu hören bekam, auch noch als lästiger: als Eigentum der Gastfreundschaft, zur Verfügung gehalten, unfrei. Man wollte dieser Idylle entkommen, auch wenn ihre Zwingherren mit viel sympathischem Rauch versuchten, sie angenehm zu gestalten. Man fühlte sich an der langen Leine des Großvaters und sprach darüber mit Ismail, der Verständnis simulierte und sagte, er müsse in einigen Tagen ohnedies nach Kandahar reiten, und da solle man ihn begleiten, denn da gehe die Straße nach Kabul und von dort in die Welt.

Nach einigen Wochen war es so weit, und nach Kandahar waren es drei gemütliche Tagesritte. Das erste Gästehaus, in dem man übernachtete, gehörte keinem Verwandten, sondern einem Bekannten, das zweite war eine Herberge, doch in Kandahar, sagte Ismail danach, als man sich gerade wohl fühlte, würde man wieder von Verwandten erwartet. »Das ist afghanische Gastfreundschaft«, und es klang wie eine Drohung.

Dass man Kandahar näher kam, erkannte man an leichtem Dunst, und bald darauf wurde es etwas grüner. Die ersten Bauernhäuser waren flach, aber gut befestigt, und bald sah man auch Pferdewagen, und die waren viel bunter als in Herat. Die Kandahari seien geradezu dekorsüchtig, hörte man, und die Offizierswitwen und besseren Frauen dort würden die schönsten Herrenhemden Afghanistans sticken. Irgendwo aus der Gegend komme auch die Königsfamilie, und die Männer würden immer ein zweites Hemd über der Schulter tragen, für den Fall, dass sie raufen oder schwimmen würden. Schwimmen in Kandahar? Ja, könne man, in einigen zu Teichen gestauten Bachläufen und einigen privaten Gärten, denn Kandahar sei reich. Da hielt man schon, unmittelbar bevor die eigentliche Stadt begann, vor einer langen weißen Mauer, deren Tor umständlich geöffnet wurde, nachdem man von einem kleinen Fenster rechts oberhalb gründlich examiniert war. Links und rechts waren niedrige Wohnhäuser für das Personal, vor einem aber ein kleiner Paradiesgarten mit gemauerten Wasserläufen und an dessen Ende ein großes Herrenhaus im Stil der Zwanziger, vor dem Ismail vom Hausherrn rituell umarmt wurde, nachdem man die Pferde dem Personal übergeben hatte.

Man war in einem Märchenland. Neben dem Gästeappartement, das aus mehreren Räumen bestand, wartete ein blitzblank poliertes Horch-Automobil in seiner Garage, und hinter dem Haus sei noch ein viel größerer Garten für die Familie, flüsterte Ismail. Man zeigte eben, was man hatte, wenn auch gut hinter Mauern verborgen, und sechs jüngere Männer standen für die Zukunftshoffnungen. Nach der Anzahl der Töchter zu fragen verbot die Höflichkeit – man bekam sie ohnedies nicht zu Gesicht. Ismail schmiss sich ins

Wasser, was zunächst sehr komisch aussah, da sich seine Afghani-Hosen aufplusterten wie Schwimmblasen, und dann noch komischer, weil sie durchsichtig wurden und Afghani besonders verschämt waren. Da war man mit seinen türkischen Badehosen besser dran. Das Abendessen wurde in einem Pavillon hinter dem Haus genommen und war noch viel formeller als in Herat, da die Damen in einem anderen Pavillon des großen Parks speisten. Tommy Dorsey dudelte aus einem uralten deutschen Reisegrammophon internationales Flair, und bei jeder Platte musste nachgekurbelt werden.

Am nächsten Tag zeigte einem Ismail Kandahar, von einem Sohn des Hauses als Ehrengarde begleitet. Da waren eine Art Regierungsfort mit königlichem Gästehaus, ein großes Mausoleum irgendeines großen Königs und ein noch größeres eines etwas kleineren, sowie ein ziemlich unübersichtlicher Basar um einen großen runden Platz, an dem an vielen Karren tückisch-bunte Limonade verkauft wurde. Wie in ein Heiligtum trat man danach in ein kleines Gewölbe, vor dem ein älterer Mann im Schatten rauchte und in dem eine Frau als Gebirge in der Burka thronte. Hier gab es die berühmten Hemden, also nur ihre bestickten Brüste, denn für das andere waren die Schneider zuständig, vorausgesetzt sie fanden den zur Brust passenden Stoff. So schöne Weißstickereien hatte man noch nie gesehen, und Hochzeitshemden glitzerten noch zusätzlich mit Goldfäden und Glasperlen. Ismail suchte ein Prachtstück aus, vor lauter Kunst steif wie ein Brett, und dann zockelte man zu einem Schneider, der die Herrlichkeit samt Hosen am Abend vorbeizubringen versprach. Man fühlte sich beim Diner denn auch wie ein Afghani-Prinz; doch beim sympathischen

Rauch, sehr viel später in einem verborgenen Winkel des Parks, fiel etwas Glut auf das Prunkstück, aber Ismael lachte nur und sagte, das sei die beste Methode, mit der Afghani geradezu zwanghaft alles ruinieren müssten, was schön sei. Sie hätten eben eine unbezwingbare Sehnsucht nach Schönheit wie nach deren Zerstörung. Man habe gerade einen Kurzlehrgang afghanischer Geschichte erlebt.

Die nächsten zwei Tage hatte Ismail in Kandahar geschäftlich zu tun, und man wollte eigentlich weiter, denn Afghanistan war groß, doch der Hausherr gebot, noch einen Tag zu bleiben. Am nächsten Tag fuhr nach dem Mittagessen ein Wagen vor, Ismael verabschiedete sich mit unzähligen Umarmungen und noch mehr Bitten, ihn und die Seinen nicht zu vergessen, und dann wurde man von einem sehr schweigsamen Fahrer nach Ghazni gekarrt.

Klar war einem nicht genau, was man dort sollte, zumal man das Reiseziel nur an einigen Wegweisern ablesen konnte, und man wusste nur, dass man wieder einmal der gnadenlosen Gastfreundschaft der Sippe Khan ausgeliefert war. Afghanistan war offensichtlich verplant. Dann sah man schon auf einer Anhöhe die beiden Minarette, die man in der Bibliothek des Großvaters als Lichtdrucke hatte, Ruinen aus einer Zeit, da Ghazni noch eine bedeutende Stadt war. Das war lange her. Ebenfalls auf der Höhe, aber weiter weg waren die übrig gebliebenen Reste und an der Straße ein kleiner, neuer Basar, doch an dem fuhr man vorbei, in ein kleineres, grüneres Seitental, und landete wieder vor einer großen Mauer mit Tor.

Dieser Hausherr Khan überraschte allerdings, denn er war erst Anfang vierzig, sprach ein wirklich gutes Deutsch, gelernt als Schüler in Kabul, und war dort an der Universität

Professor für Nationalökonomie. Man sollte ihm diese Entführung nicht übel nehmen, meinte er, doch er sei aus Kandahar angerufen worden, auch aus Herat … Man hatte in Afghanistan kein einziges Telefon gesehen, doch »alle entscheidenden Familien« des Landes hatten eines, wie der Gastgeber sagte, schon seit den dreißiger Jahren, »vorwiegend für solche Fälle«. Aber man müsse seine Gastfreundschaft nicht lange ertragen – übermorgen müsse er nach Kabul, und er sei dafür vorgesehen, einen dort abzuliefern. Es war eine sehr ungewöhnliche afghanische, ja überhaupt asiatische Familie: um den Abendtisch, der sehr europäisch gedeckt war, saßen auch seine Frau, zwei Töchter und natürlich der Sohn. Mehr war über Ghazni nicht zu berichten, außer dass die Ruinen sehr ruinös waren und man zwei Tage später nach sieben Stunden Reise im imponierenden Buick Herrn Prof. Khans in Kabul war.

Dass Kabul an einem gleichnamigen Fluss lag, merkte man nur im Frühjahr, wenn er wegen der Schneeschmelze zu einem afghanischen Strom wurde, und sonst nur am Geruch. Herr Khan war gnädig gewesen und hatte einen nach dem obligatorischen Abendessen in die Freiheit entlassen. Nun wohnte man in Sharinao, einer Art Botschafterviertel, in einem kleinen Hotel unweit vom Königspalast. Die Berge sahen aus wie Drachenschuppen. Einer über der Stadt war durch die Reste des Forts noch bizarrer, und von dort wurde jeden Mittag ein Kanonenschuss abgeballert. Der schönste Platz aber war Baburs Garten. Zahirrudin Mohammed Babur Padschah war eine asiatische Renaissancegestalt, ein Adelsfrischling, der aus kleinsten Anfängen ein Reich zusammenbastelte und schließlich Kaiser von Indien wurde. Seine Leidenschaft waren Gärten und dies sein liebster, fünfzehn Terassen hoch, mit kleinen Wasserläufen und Brunnen. Auf der vorletzten genoss er gerne Haschisch, wie er in seinen Memoiren beschrieb, und dort liegt er auch begraben. Unten war alles reichlich verwildert, doch weiter oben war ein Paradies mit Maulbeeren bis zum Bauchweh und einer wunderbar zierlichen Marmormoschee, und es war ja geradezu eine Pflicht, am Grab des Bauherrn sympathisch zu rauchen.

Da man das nicht ewig kann, zog man weiter, doch man musste erst die Tücken des afghanischen Bussystems studieren, ehe man durch die sehr abenteuerliche Schlucht des Kabul-Flusses nach Jalalabad kam, wo einem der örtliche Hoechst-Vertreter über den Weg lief, und dann über den Khaiberpass nach Peshawar. Den hatte man sich abenteuerlicher vorgestellt, da ein Wegweiser Kamele und Autos voneinander trennte, doch er war nicht einmal sonderlich hoch und oben ein kleines Dorf, in dem einem lautstarke Jungen Waffen verkaufen wollten, gleich neben der Bude für die Passkontrolle. Viele Reisende kauften übrigens welche, da sie in Pakistan verboten waren.

In Pakistan war überhaupt vieles verboten, vom Alkohol angefangen, denn es wollte ein moderner Staat unter islamischen Voraussetzungen sein. Die Regierenden glaubten noch immer daran, die Regierten schon lange nicht mehr, und man konnte einander nicht leiden. Auch Komplexe aus den »British Raj« bekam man immer wieder zu hören. »Inglisch pipäl dont spik korrekt Inglisch. Hef oll ekzent. Only wi Pakistani pipäl spik rilli rait Inglisch«, sagte ein Ladenbesitzer, und dabei konnte man selbst nur Bröckchenenglisch. Da wollte man schnell durch, doch in Lahore blieb man wieder stecken, da die Grenze zu Indien nur einmal in der Woche geöffnet war. Man sah sich an, was die Mogulkaiser zu ihrem Ruhm hatten bauen lassen, doch die Nachwelt ging damit nicht zimperlich um, und das Rote Fort sah aus wie eine Baustelle, die man schon lange aufgegeben hatte. Nur einige Baugerüste standen herum und eine Zementmischmaschine, wie man sie aus dem Dorf des Großvaters kannte. Ein Trost war der Shalimar-Garten, errichtet unter Baburs barockem Urgroßenkel Shah Jahan nach gewissermaßen persisch-französischem Vorbild mit Terrassen für Kaiser, Hof und die Statisten des Volks. Einige Wasserspiele taten noch ihre Pflicht, und einige der nobel verzierten Mauern standen – mehr konnte man vom neuen Pakistan nicht verlangen.

An der Grenze inszenierten die Staaten ihre Feindschaft in Gala. Es waren nur sieben Gäste im Bus, doch die mussten mit allem Gepäck aussteigen und zur pakistanischen Staatshütte humpeln. Zöllner durchwühlten das Gepäck, um den Alkoholschmuggel aus Indien zu bekämpfen, und die Passbeamten waren Portiere eines Irrenhauses, die es nicht fassen konnten, dass jemand freiwillig nach drüben ging. Dann musste das Häufchen Grenzgänger demütig warten, bis eine pompöse Flaggenzeremonie erledigt war, und dann durfte man über eine knappe Brücke samt schon derangiertem Gepäck ins Unbekannte. Die Eisenbahnbrücke daneben war weggesprengt. In Indien musste man erst eine gigantische Flaggenparade überleben, und dann wurden wieder Gepäck und Papiere durchwühlt. Als man sich zwei Stunden später zum Parkplatz schleppte, auf dem der einzige Bus demnächst kommen sollte, umjodelten einen lästige Kinder mit einer Art Willkommen im freien Indien.

Erst nach einer halben Stunde patriotischen Gegackers und handgreiflicher Bettelei kam ein klappriger Bus Richtung Amritsar. Es gab keine andere.

Man fuhr durch fruchtbares Land, viel gepflegter als Pakistan, und das lag an den Sikhs, die in Amritsar ihre Zentrale hatten. Die war ein überprächtiger Marmortempel, bei dessen Betreten jedem automatisch die Füße gewaschen wurden. Drinnen sangen fromme Männer aus einem heiligen Buch, und eine vegetarische Nascherei bekam man auch.

Vielleicht machte einen das übermütig, denn man hatte ja noch einige Visitenkarten von Großvater, und so schickte man eine in die geographisch größte Nähe an einen Herrn Singh mit vielen Buchstaben davor und danach und alle mit Punkten. Schließlich hießen auch alle Sikhs Singh – da konnte es nicht so schlimm sein. Als Adresse diente das sehr billige Hotel – in Delhi erwartete man wieder Geld, und bis dahin musste man durchkommen, wenn man die Fahrtkosten dahin hortete. Mittlerweile sah man aus wie ein indischer Filmstar – seit Afghanistan konnten die Friseure keinen anderen Schnitt, und ihre Kunden waren ja immer zufrieden. Gelegentlich amüsierte die Vorstellung, man würde von seinen europäischen Bekannten in dieser exotischen Pracht gesehen, die natürlich nur für dort eine war und hier billigster Standard wie die Kichererbsen zum Frühstück. Doch bei den Sikhs konnte man preiswert leben, denn im Tempel gab es auch gratis Essen.

Zehn Tage später fuhr ein grauer Bentley bei der Absteige vor, und der Fahrer hatte einen Brief. In schönster englischer Schreibschrift eines Sekretärs teilte His Highness usw. Singh mit, dass er sich sehr freue, einen für einige

Tage treffen zu dürfen, und dann saß man neben dem Fahrer, der den jungen Mann sehr misstrauisch beäugt hatte. Die erste Nacht verbrachte man in einem Circuit House, einem Regierungsgästehaus für reisende Beamte mit Dusche, während der Fahrer im Wagen schlief. Gleich nach Sonnenaufgang ging es weiter, etliche Stunden durch hochhügelige Wüste, gegen Nachmittag wurde es wieder grüner, und dann schnurrte der Wagen durch ein geschmiedetes Tor über verschlungene Parkwege und blieb vor einem Bungalow aus den Zwanzigern stehen, in den einen schweigsames Personal geleitete. Wohnraum, Schlafraum, Ankleidezimmer und ein Wannenbad! Auf dem Couchtisch lag eine Karte, mit der man für sieben Uhr Abend eingeladen wurde. Nach der Badeorgie waren die Klamotten verschwunden. Also auch hier! Man legte sich hin und beschloss, aus Protest zum Diner nackt zu erscheinen. Als man aber gegen sechs aufwachte, lagen die Klamotten wieder im Ankleidezimmer, frisch gewaschen und gebügelt, und daneben ein nagelneuer Anzug aus eierschalenheller Rohseide mit einem malvenfarbenen Hemd. Als man die Fussel entfernt hatte, putzte er ganz ungemein. So konnte man Ihrer Hoheit vors Gesicht treten. Dann kam auch schon der Bentley herangeschnurrt, ebenfalls frisch poliert, und man wurde über ein paar Parkverschlingungen zum Haupthaus gekarrt, auf dessen mittlerer Treppenstufe der Hausherr samt Entourage warteten.

Seine Hoheit waren seit neun Jahren außer Dienst und nun gute siebzig. Als er Kind war, hatte Großvater seinen Vater bei der Kavalierstour durch Indien besucht und er 1912 den Großvater. Aha, und die drei jüngeren Herren am Tisch waren Söhne, die sich über den eigenen, strengen Akzent wunderten. Der Älteste wollte Pilot werden, und als Digestif gab es einen uralten Safranlikör. Diesmal genoss man das Zeremoniell mit dem amüsierten Glück eines, der solch aussterbende Köstlichkeit noch zu erleben wusste, und das hielt noch den nächsten Tag vor, als einem Hoheit am Nachmittag einige Schätze zeigte. Man hielt sie allesamt für Tand, wenn auch von besserem Geschmack und sicher exorbitantem Preis, doch Hoheit waren vom geheuchelten Interesse des jungen Manns so gerührt, dass sie sich wieder ihres diamantverkrusteten Krimskrams freute. Am nächsten Tag zeigte einem der zweite Sohn noch die Haupt- und Residenzstadt des gewesenen Reichs, und tags darauf erbat man Abschied, wurde zu einem Bahnhof gefahren, von dem ein Expresszug abging, und zockelte zwei Tage gemütlich nach Delhi. Man hatte die Sonnenseite einer untergegangenen Zeit erlebt und war mit dem Großvater zufrieden.

Bei American Express in Delhi warteten zwei Briefe, ein kürzerer von Großvater, in dem er nur schrieb, dass er die bisherigen Briefe erhalten und gelesen habe, und dass Herr Mandi gestorben sei, und einen von der Verlegerin. Sie fragte, wann man neue Texte schicken würde, doch man war nicht zum Schreiben gekommen, und Geld war von beiden da, etwas weniger von Großvater, der schon die letzte Zeit etwas sparsamer geworden war, und von Buch die Tantiemen, und die waren nach indischer Kaufkraft ganz schön viel. Man hatte also gute Zeit bezahlt bekommen, sich weiter in der Welt umzusehen.

Nach Nepal hatte man immer gewollt. Das Land hatte sich erst vor kurzem der Welt geöffnet, wie man sagte, und davor war es nur einigen gestattet, darüber schier Unglaubliches zu schreiben. Wortreich und mit Kamera hatte sich ein von seinem König entsandter Sachse in Großvaters Bibliothek vorgewagt. Dem König blieb der Reisebericht erspart, wie eine Trauerseite am Anfang des Buchs verkündete, doch man las mit Staunen von »buddhistischen Fanatikern«, und die Neugier war geweckt. Zweimal pro Woche flog nun Indiens Inlandlinie Kathmandu an, obwohl Nepal Ausland war, und von Benares aus war's billiger. Also fuhr man per Bahn über Agra mit dem Taj Mahal dorthin, sah einige Tage am Gangesufer Hindus brennen und landete an seinem zwanzigsten Geburtstag auf dem Tribhuvan International Airport, Kathmandu.

Die Einreiseformalitäten waren freundlich, die Taxis wie Tiger bemalt – die Siemens-Taxometer zeigten noch Reichsmark –, und damit fuhr man zum Hotel Royal am Kantipath, dem ersten Haus am Platz. Es war ein alter Palast, und der erwähnenswerte Luxus war unglaublich viel Platz im spartanisch möblierten Raum. Sein Chef war Boris Lissanevich, ein ebenso freundlicher wie undurchsichtiger Russe, den die Freundschaft mit dem letzten König hierher verschlagen hatte, aus Kalkutta, wo er »einen sehr exklusiven Club« betrieb, der wahrscheinlich ein Puff war. All das erfuhr man in Windeseile von Boris und danach mit Variationen vom Etagenkellner, der außerdem mit allen Geschäftsleuten der Stadt verwandt war, falls man irgendwelche Bedürfnisse haben sollte, Girls und so weiter. Nein, hatte man nicht, aber man hatte noch einen von Großvaters wundersamen Universalschlüsseln, doch der war nichts für diesen Schwätzer. Man gab das Couvert samt Trinkgeld einem Boy in der Halle, der die Adresse mit großen Augen las, behauptete, sie zu kennen, und mit dem Hotelfahrrad davonschoss. Innerhalb einer Stunde kam er mit einem Billet wieder, und man ließ den schönen Anzug aufbügeln, denn man wusste, dass man für den Abend bei His Highness Field Marshal Kaiser Shumshere J. B. Rana eingeladen war. Zehn vor sieben kam ein schwarzer Wagen und karrte einen etwa dreihundert Meter weiter durch ein Parktor.

Zunächst sah man Straßenprunkleuchten der Gründerzeit und dann ein Rudel Löwen, zusammengetrieben aus aller Herren Länder zwischen Afrika und China, und dazwischen zwei zierliche Herren. Der ältere, kahle, geradezu winzige musste der Feldmarschall sein. »Sie sehen, ich sammle Löwen«, meinte er schmunzelnd, »wenn auch nur aus Stein oder Bronze. Aber das ist ein wirklicher, mein kleiner Bruder, denn der heißt auch so.« Es handelte sich um den geborenen General Singha Shumshere, und damit begab man sich in die Halle, deren Front eine gigantische Bücherwand war. Smalltalk auf zierlichen Sofas. Die Herren hätten den Großvater auf ihrer Tour durch Europa besucht, »lange vor dem großen Krieg«, als sie in Wien am kaiserlichen Hof vorgestellt werden wollten, und er habe sie nach der Zeremonie noch einmal eingeladen, »auf einen Bärenschuss«. Man wusste, dass Großvater eine Weile dieses Hobby hatte. Natürlich gab es in Niederösterreich schon lange keine Bären mehr. Die kamen mit der Bahn aus Siebenbürgen und wurden dann im Bärenzwinger gehalten, einem ummauerten Geviert am Rande des Parks, um dann zwei Wochen vor Ankunft des Jagdgastes freigelassen zu werden. Noch Jahrzehnte lang wurde darüber geredet, weil die Biester einen ungeheuren Appetit entwickelten, mal hier, mal da, oft gleichzeitig, den Schadensmeldungen der Bauern nach. Die Förster aber wussten Bescheid, was die Zahlungen in Grenzen hielt und den Gast schnell zum Bären führte. Der General war für solche Späße zu jung gewesen, doch der Feldmarschall sagte, er habe das Fell im Salon ausliegen. Es war also ein »Bär dritter Klasse« gewesen, denn sein Fell wurde sonst drohend aufgerichtet oder gemütlich trottend ausgestopft dem Gast nachgeschickt, doch das sagte man nicht und beantwortete geduldig alle Fragen nach dem Großvater. Dann ging es ein ebenso bombastisches wie billiges Treppenhaus hoch in den Speisesaal. Was wie Stuck aussehen sollte, war gestanztes und bemaltes Blech, an die Decke genagelt, und alles sah aus wie die Grottenbahn, der italienische Marmortisch, fast barock, hatte beim großen Erdbeben vor einem Vierteljahrhundert einen Knacks abbekommen, doch das Essen war vorzüglich, besser als in Jaipur und nicht so brutal gewürzt wie das indische. Der Feldmarschall erzählte von seiner Leidenschaft für Bücher, als hätte man sie nicht schon gesehen, und dass er am liebsten Geschichtsphilosoph geworden wäre. Der General machte süffisante Bemerkungen, und kurzfristig zankten die Brüder sich in der Landessprache und entschuldigten sich dafür sofort in Englisch. Es war ein heiterer Abend, und danach begab man sich in den Salon, um das Bärenfell zu bewundern und mit Erinnerungen zu bekleckern. Dort wartete auch die Dame des Hauses, auf einer sehr hohen Chaiselongue, wie von einem Schaufensterarrangeur hindekoriert. Der Feldmarschall aber stürmte aus dem Raum, man hörte nebenan Blechtüren klappern, und er kam mit einem Stapel Bücher zurück, um sie dem General seitenweise unter die Nase zu reiben, wegen einer Bemerkung, die vorhin auf Nepalisch gefallen war. Man verstand böhmische Bahnhöfe und dass der Feldmarschall alles schriftlich hatte. Es war ein bezaubernder Abend, und die Dame des Hauses grinste maliziös, während der Butler ständig uralten Brandy nachgoß.

In diesen Turbulenzen fragte der General plötzlich, schon mit schwerer Zunge, ob man denn wirklich Lust habe, sein Geld in einem Hotel auszugeben. Er habe bei seinem Haus ein kleines Gästehäuschen, nein, nicht in seinem Haus, sondern bei, und man solle morgen um zehn Uhr bei seinem Haus vorfahren. Man erklärte, frech und hoffentlich auch charmant, das Angebot ernst zu nehmen, und fuhr am nächsten Tag mit einem Tigertaxi und dem abenteuerlichen Rucksack beim Singha Mahal vor. Es lag nahe der Brücke über die Bagmati und war ein klassizistischer Steinbruch über einem Garten in Renaissancestil. Unten war ein Bassin mit einem großen Bronze-Merkur von Giambologna in der Mitte, daneben ein Häuschen mit bunten Glasfenstern, und dort bekam man Quartier. Das Bett war nicht schlechter als im Hotel, die Räume nicht ganz so hoch, aber luftig, und man war zufrieden, auch wenn es zur Stadt etwas weiter war. Die war ein unglaubliches Abenteuer aus zwei ineinander wirr verzahnten Teilen: den Wiederaufbauten und den Neubauten nach dem großen Erdbeben, die wie ein Keil in die Altstadt ragten. Das war der Stolz des Generals, denn der hatte im Auftrag seines Onkels den Wiederaufbau geleitet und hatte der Stadt einen britisch inspirierten Boulevard und für die Seitengassen britische Reihenhauskultur verordnet, doch auf den ersten Blick war alles ein wildes Durcheinander, das sich jedem Verständnis entzog. Am Abend kam einen der General öfter mit einer Flasche altem Rotwein besuchen und erzählte viel, aber immer eher von alten Zeiten.

Das Tal war immer ein wichtiges Handelszentrum gewesen und bestand einmal aus drei Stadtkönigreichen, die miteinander per schwarze Magie und Kingnapping auskamen. Dann entstand im nahen Westen ein ruppiges Fürstentum, und das eroberte vor etwa zweihundert Jahren das Tal, das einst ganz Nepal war. Schnell übernahmen Premierminister das Regime, und eine liebestolle Königin war schuld daran, dass der strebsame Offizier Jang Bahadur Kunvar mächtigster Mann im Staat wurde und sich bald Rana nannte. Er war ein typisch asiatischer Haudegen, sperrte den König weg und brachte potenzielle Gegner um. Nur mit den Briten, die Indien beherrschten, stellte er sich gut, der Unabhängigkeit seines Landes wegen. Da auch die Seinen untereinander per Mord und Totschlag verkehrten, wurde die Geschichte etwas unübersichtlich, doch um die Jahrhundertwende war Chendra J. B. Rana unangefochtener Landesinhaber, und die zwei jüngeren seiner Söhne hatte man kennen gelernt. Die Rückseite des Palastes von Singha Shumshere war der Jung Bahadurs, und dort stand noch der Konzertflügel, den er aus London mitgebracht hatte. Der hatte Hoheit als Bett gedient, denn er hoffte, dadurch im Schlaf musikalisch zu werden.

Chendra Shumshere, des Generals Vater, war dazu vergleichsweise zahm. Er teilte die zahllose Verwandtschaft in verschiedene Klassen ein, und jede bekam einen Palast. Den größten ganz Asiens ließ er natürlich für sich bauen, aber auch Hängebrücken und ein Elektrizitätswerk. Man hatte es, denn die Briten kauften viele Landsleute als Gurkhas. Nur die Luxuswagen, die dabei abfielen, mussten von Menschen über die Berge getragen werden – so sehr traute er den Briten auch nicht, dass er nach Indien eine Straße gebaut hätte.

Die absolutistische Idylle endete dennoch. Dem unabhängigen Indien passten die Britenfreunde in den Bergen nicht, und Nehru verführte den in seinem Palast vergessenen König Tribhuvan dazu, nach Indien auszubüchsen. In Nepal hatte Indiens Congress auch für einen nepalischen gesorgt, es gab Unruhelchen, und die Ranas landeten auf dem Altenteil der Geschichte. Die königliche Familie und die ihre waren ohnedies ein einziges Gemenge, und dann wurde Demokratie verkündet. Irgendwann sollten Wahlen sein. König Tribhuvan war schon zwei Jahre tot; nun regierte sein Sohn Mahendra, man wartete noch immer auf die Wahlen.

Von je weiter die Leute in die Stadt kamen, desto bunter wurden sie. Die Buntheit der Bergleute war anders als die aus der Dschungelebene, und alle hatten sie ihre Gassen, wo die Wunderdinge ihrer harrten, deretwegen sie sich auf den Weg gemacht hatten. Kathmandu war ein Supermarkt mit vielen Abteilungen, sorgfältig voneinander getrennt, damit die Leute aus den vielen Regionen einander auch gut aus dem Weg gehen konnten, und nur bei den Göttern trafen die Wege aufeinander, bei Marktständen mit allem, was die Götter von den Menschen wünschten, bunten Kleinigkeiten eben.

Wollte man den Ortsnamen genau übersetzen, käme man auf Holzhausen, und ein Holzhaus markiert auch die Stadtmitte, doch das Kasthamandap ist ein hölzernes Gebirge von Pagode und noch dazu aus einem einzigen Baum gezimmert. Der Platz davor heißt denn auch »alle sind eins«, und gleich daneben ist der wichtigste Ganeshsthan, das Haus des Gottes der Klugheit, ohne Dach, damit die

Gebete schneller an der Adresse ankommen. Eine ganze Menge Götter tummeln sich dort, und beim alten Königspalast, gleich daneben, noch mehr. Im Grunde waren sie alles verschiedene Erscheinungsformen einiger weniger Gottheiten, doch die Leute wussten zwischen ihnen genau zu unterscheiden und wann sie wen anzusprechen hatten. Die allerwenigsten sprachen ein paar Brocken Englisch, die meisten Nepali und die allermeisten Nevari. Die Nevar, sagte der General, seien die Ureinwohner des Tals, doch sie waren nicht urig, sondern richtige Städter mit so fürchterlich vielen Kasten, dass sie von der Regierung als eine einzige gezählt wurden. Nun ja, die Nevar hielten es anders, denn ihre Kasten entsprechen eher der zünftischen Ordnung als dem hinduistischen Reinheitsgebot, obwohl sie von allen Nepali die saubersten waren. Des Generals Personal waren alle Nevar, und sie sprachen auch Englisch, so dass man von ihnen viel hätte erfahren können, hätten sie mehr mit einem gesprochen, doch dafür waren sie meist zu schüchtern. Sie sprachen nur das Allernotwendigste, und auch das nur, wenn man insistierte. »Nevar haben eben viele Geheimnisse«, sagte der General. Er verstand sich gut mit ihnen, ein Herr aus anderem Stamm, der zu dessen Freude nicht Herrscher war.

Allmählich begann, was zuerst pures Chaos war, Ordnung anzunehmen, eine faszinierende, ruhige, aber nicht durchschaubare. Ständig sah man Menschen beten, doch man hörte auch, dass man die Götter nie um etwas für sich bitten dürfe, sondern immer nur für andere, und dass die Familie im Grunde über den Göttern stehe. Die verkörperten Grundprinzipien, paarweise, denn das männliche Prinzip wird erst durch die weibliche Energie wirksam. Aber sie hatten auch zweierlei Gestalt: für ihre Gläubigen eine schützende und für deren Feinde eine schreckliche. Shiva beispielsweise, den man meist Mahadev nannte, den großen Gott, war die Sexualität, von der Liebe bis zum Wahnsinn, und seine Frau mit den vielen Namen, die nur die Göttin hieß, war der Eros, der ja auch vielgestaltigst auftritt. Der Natur des Paares entsprechend, ging es zwischen ihnen meist heftig zu, und die Bibliothek des Feldmarschalls wimmelte von Krächen zwischen den beiden. Er rauchte Haschisch, sie soff, und das war schon Anlass genug, und dazwischen wurde die Welt von immer schrecklichen Dämonen meist grauenvoll gerettet. Auch Vishnu, eher der Natur verbunden, hat einen starken Rettertrieb, der ihn stets in neue Avatars verwandelt, von einer Schildkröte bis zu Krishna oder gar Christus, doch seine Frau Laxmi ist die Glücksgöttin, und das Glück ist, im Prinzip zumindest, weniger wandelbar. Dennoch trifft sie immer wieder auf ihren Herrn, so anderweitig verheiratet als Rada auf Krishna, der ohnedies ein Schwerenöter ist und einmal mit allen Frauen eines Dorfes schlief, und jede glaubte, sie sei die Einzige. Diesen beiden Göttern sind alle nepalischen Hindus untertan, zumal der König als irdischer Avatar Vishnus gilt, und dann gab es auch noch die Buddhisten, auch mit vielen Kasten, eigentlich genau so vielen.

Sie hatten eine Erklärung für das Entstehen dieses Tals, der nicht einmal ein Geologe widersprach: Es war einmal ein See, und sie kannten sogar seine Uferlinie. Das muss eine Sehenswürdigkeit gewesen sein, denn einmal promenierte ein Urbuddha namens Vispasya dort lang und warf einen Lotossamen in das Wasser. Aus dem spross eine wunderbare Blüte aus Gold, mit Edelsteinen besetzt, und sie flüsterte auch noch. Da kam aus Tibet der Bodhisatva der Gelehrsamkeit, Manjusri mit seinen beiden Frauen Einsicht und Weisheit zum See und umwanderte ihn. Jedes Kind weiß, wo er dabei rastete, denn dort hat er ein Heiligtum, und er erkannte, dass sich in der Lotosblüte Adhibuddha verkörperte, der urste Urbuddha. Dem wollte er natürlich näher treten, und so schlug er mit seinem Lichtschwert eine Drainage in den Felsen, durch die der See davongurgelte. Chobar heißt die Schlucht und ist noch immer der einzige Abfluss des Tales. Manjusri aber warf sich vor der Lotosblüte nieder und betete: Om mani padme hum, O du Kleinod in der Lotosblüte. Und etliche Affen erkannten die Gottheit und wurden Menschen. Die Ignoranten aber blieben Affen, umtoben noch heute viele Heiligtümer und sind ebenso wenig gelitten wie fruchtbar.

Waren wirklich nur Affen am Seeufer? Einige Hindufamilien im Tal jedenfalls behaupteten, sie hätten damals in Shanku gewohnt, im Nordosten des Tales, und bis dorthin reichte der See wirklich nicht. Sie wussten es, weil dort unter der Ackererde verborgene Heiligtümer waren, die sie jedes Jahr an einem bestimmten Tag besuchten – »das alte Haus«. Wohin und wann waren Familiengeheimnisse, und wer wen an welchem Ackerpunkt traf, wusste, dass man verwandt war. Uff!

Die Stelle der Lotosblüte aber ist Svayambhunath, die große Stupa auf dem Hügel westlich der Stadt, ein Ort, an den schon der leibhaftige Buddha gepilgert sein soll und an dem jeden Morgen bei Sonnenaufgang viel Religion mit Gesang los war. Von dort ging ein mystisches Koordinatensystem aus, das alle Kreuzwege des Tales in bessere und schlechte einteilte. Unterhalb des Hügels aber war ein versumpftes Wasserbecken, und der Totengott fragte jeden Ankömmling, ob er daraus getrunken habe. Sonst muss der wohl an etwas anderem gestorben sein.

Das Chaos des Tales war eher zu viel Ordnung und dazu von Religionen bestimmt, die keine Päpste hatten. Eine Moschee gab es noch dazu, und in Patan, der Stadt auf der anderen Seite der Bagmati, sollte es auch eine christliche Kirche geben. Missionieren aber war aus begreiflichen Gründen verboten.

Man fühlte sich wohl wie noch nie, denn man hatte eine Welt gefunden, in der es wirklich friedlich schien. Die Religionen kamen miteinander gut aus – bei jedem buddhistischen Heiligtum war ein hinduistisches und umgekehrt, so dass alle denselben Ort ehrten –, und von einem Dreißigjährigen Krieg wusste niemand. Natürlich lästerten die Stadtleute über die vom Land, aber das taten sie überall in der Welt, und wie überall machten sie mit ihnen Geschäfte. Einige Ausländer gab es auch und etwa ein Dutzend Touristen. Die saßen im Hotel Royal, klagten über Durchfall und fanden alles schrecklich. Sie wurden, wenn sie in der Stadt nach Souvenirs jagten, nach allen Regeln der Kunst übers Ohr gehauen, denn die meisten Geschäftsleute konnten ein paar Brocken Englisch, zumindest ihre Söhne.

Den Frauen ging es besser als in allen Ländern, die man bisher gesehen hatte. Sie hielten sich zwar vornehm zurück, doch sie wurden besser behandelt und waren die Chefinnen des Ganzen. Deutlich merkte man das, wenn man über einen Preis verhandelte. Der Händler saß bequem auf einem Sitzkissen, und wenn er des Feilschens müde war, kam ein Sohn dran, als nächste Härtestufe. Wenn der schwankte, erklang eine resolute Frauenstimme hinter einem Vorhang, und das war das letzte Wort.

Restaurants im europäischen Sinn gab es nicht, sah man vom Hotel Royal ab, das bei bescheidener Küche mit internationalen Preisen glänzte. Nevar aßen prinzipiell zu Hause, doch die Stadt war voller kleiner Spezialitätenküchen, bei denen man sich unterwegs den Appetit holen konnte. Manchmal saß eine Frau in einer Tür und buk etwas in einer qualmenden Pfanne, manchmal saß sie in einem Raum zwischen einigen Petroleumkochern und die Gäste drumherum, ein Sohn oder die Tochter servierte – kam sie in das attraktive Alter, wurde sie allerdings von der Mutter versteckt –, und dazu gab es Reisbier oder -schnaps. Von Chhang, dem Bier, bekam man leicht Durchfall, und Rakshi, der Schnaps, war bei dem Wetter sehr stark.

Als man im Tal ankam, war das Wetter im Verhältnis zu Indien sehr angenehm gewesen, wo es nur heiß war. Dann aber wurde in Patan auf der anderen Seite der Bagmati der rote Machhendra gebadet, der Fruchtbarkeitsgott. Das war eine lange Zeremonie, denn zuerst musste der Geist Gottes über eine Nabelschnur aus der Statue in einen großen silbernen Wassertopf gezaubert werden, und dann wurde die entgöttlichte Figur zu einer Plattform am Stadtrand geschleppt, wo sie aus allen vier Himmelsrichtungen mit Wasser überschüttet wurde. Aus welcher Richtung sie zuerst getroffen wurde, aus der sollte auch der Monsun kommen. Während die Statue frisch bemalt und aus dem Wassertopf feierlich rückvergöttlicht wurde, brauten sich über dem Tal die Wolken zusammen, und dann goss es vier Tage lang ununterbrochen. Man saß unter dem Vordach seines Häuschens, notierte seine Gedanken, und vom Palast oben brachte ein nasser Diener dreimal täglich Essen – der General ging bei diesem Wetter auch nicht aus dem Haus. Danach war Kathmandu voller Kot, selbst auf den asphaltierten Straßen. Die Leute hopsten geschickt darüber hinweg und überließen die Spritzer anderen. Da die Herren der Schöpfung nur einfache Baumwollhosen trugen, mussten die Frauen fast täglich waschen, und sie selbst trugen nur ihre einfachsten Saris.

Danach pendelte sich der Monsun ein: Tagsüber stach die Sonne, so dass man einen Schirm brauchte, und abends kam das ganze Nass wieder herunter. Oft goss es auch untertags, und dann verfiel die Stadt in ein atemberaubendes Tempo. Kurz nach Sonnenuntergang wurde sie geschlossen. Jedes Haus war ein Geschäft, und tagsüber lagen hohe Bretterstapel auf den kleinen Plätzen dazwischen. Am Abend kamen die Händler, schnappten welche, türmten sie zwischen die geschnitzten Säulen ihrer Geschäfte und schlossen sie mit abenteuerlichen Vorhängeschlössern. Das Ganze dauerte keine Viertelstunde, und nie wurden die Bretter verwechselt. Man kannte sie ja und seine Kollegen auch. Dann war die Stadt kurz still – Abendessen. Bald danach waren wieder Männer unterwegs, trafen sich bei verschiedenen Tempeln, schlugen uralte Bücher auf, einer trötete ein Muschelhorn, und sie begannen zu singen, sehr rhythmisch und sehr temperamentvoll. Bhajans hießen diese frommen Gesangsvereine. Der Jüngste stopfte dann und wann ein Dschillum mit einer Mischung aus einheimischem Tabak und Ganja. Es wurde herumgereicht, und alle husteten. Man probierte es auch einmal und hustete gräßlich. Das Zeug war stärker als gewohnt, fast unangenehm. Vielleicht, weil's für ganz Sittenstrenge doch eine kleine Sünde war.

Nun ja, der General rauchte auch, weil er ein alter Herr war, und der Feldmarschall, noch älter, noch mehr, aber meist zu Whisky.

Man hatte die Erlaubnis, in seinem Garten ohne Anmeldung zu baden, und da sein Haus nahe der Stadt lag, gleich neben dem des Königs, war das sehr angenehm. Doch der Feldmarschall überblickte von seinem Haus aus jeden Winkel seines Areals, und manchmal lauerte er einem mit einem Stapel Bücher an dem chinesischen Sitzplatz beim Gartentor auf und wollte philosophische Grundfragen diskutieren – »Ich habe ja nichts anderes mehr zu tun«. Man war sich stets sehr schnell uneins, und dann übersiedelte man in einen Pavillon, wohin der Feldmarschall Whisky mit Eis kommen ließ. »Ein Würfel Eis im Whisky ist ein Zeichen der Bescheidenheit«, sagte er stets, hob das Eissieb aus dem geschliffenen Glas und fischte darunter ein erbsgroßes Stück heraus – »aber man soll Bescheidenheit nie übertreiben.« Er hatte unglaublich viel gelesen und hätte sicher auch dafür einen gedruckten Beleg hervorzaubern können. Der General aber meinte, der Feldmarschall habe zum Glück Krieg nur gelesen, da er bei einem wirklichen durch seine Bibliothek behindert gewesen wäre.

Manchmal fuhr der General in die Stadt und nahm einen dabei mit. In der großen Straße, die er hatte bauen lassen und die von der Regierung nun Neue Straße genannt wurde, aber bei seinen Bekannten noch den alten Namen Juddha Sadhak trug, hatte er ein sehr buntes Stadthaus, in das zuvor immer Personal für die Bedienung gehen musste. Oft aber besuchte er auch Bekannte, denen man vorgestellt wurde. Das war einem peinlich, da alle in Gegenwart des Generals immer nur standen und man deshalb ihre Einladungen, doch einmal wieder vorbeizukommen, auch nicht ernst nahm. Einer davon war ein Herr Shrestha, der ein nobles Stadthaus in derselben Straße hatte, allerdings etwas näher zum alten Königspalast. Er war Kupferhändler, obwohl er sein Kontor im ersten Stock des Hauses hatte, und vermittelte dem General antike nevarische Bronzen. Natürlich wurde man wieder eingeladen, und natürlich ignorierte man das, doch Herr Shrestha überfiel einen einmal am Indra Chowk, vor dem Tempel Akash Bhairavs, des Herrn der Lüfte in seiner schrecklichen Gestalt, und schleppte einen in sein Haus.

Nun saß man also bei einem Nevar. Der Hausherr lehnte diesmal bequem auf einer Matratze hinter einem winzigen Schreibtisch und vor einem monströsen Safe, einige Kinder wuselten herum, und gelegentlich hopste ein Spatz durchs Fenster und bediente sich mit einem dafür hingelegten Gebäckkrümel. Man selbst bekam Momos serviert, fein gewürzte Teigtaschen mit Fleischfüllung und den besten Rhakshi, den man je getrunken hatte. Herr Shrestha sprach einige Brocken Englisch – »my children will learn better« –, und man erfuhr, dass die Sache auf Nevarisch El'la hieß, »das wahre Wasser«. Man verständigte sich hauptsächlich mit Gesten, doch es war sehr angenehm. Herr Shrestha war ein sehr stolzer Nevar, und demnächst sollte das Fest Indra Jatra sein. Da es zwei Ernten im Tal gab, feierte man auch zweimal Erntedank, und die Vorbereitung der Ernte wollte auch gefeiert werden. Dazu wurden die Wettergötter vor ihre Häuser gebracht, damit sie sehen könnten, was sie anzurichten in der Lage seien, und mit kleinen Gaben gewogen gestimmt. »Das ist wie bei Beamten – wenn man von ihnen etwas will, muss man etwas geben.« Dann würde auch Sveta Bhairab sein Gesicht zeigen, der sonst hinter einem Gitter beim Königspalast den Reichtum des Tales hütet, und aus seinem Mund würde zum Abend eine Stunde lang ein kleiner Strom El'la fließen. Es sei ein Volksfest, bei dem Nevar traditionell betrunken sein müssten, und bei einer solchen Gelegenheit hätten auch die Gorkhas das Tal erobert. Das habe mit der Kumari zu tun, der lebenden Göttin, die stets ein Kind sein müsse, das noch keinen Tropfen Blut vergossen habe. Sie würde bei dem Fest in einem Triumphwagen herumgeführt, und davor müsse sie dem König das Tikka zum Zeichen seiner Herrschaft geben. Da sei der Gorkha einfach auf ihren Wagen gesprungen, und die verwirrte Göttin habe ihn gesegnet ... Man war neugierig geworden.

Herr Shrestha war, hörte man später vom Diener des Generals, natürlich kein Kupferhändler, sondern ein nevarischer Adliger, der gewissermaßen nebenbei Metallhandel betrieb, da er vielerlei Geschäfte machte. Streichhölzer gehörten dazu, die man lieber zum Gegner hin anzündete, damit dessen Hemd die Brandlöcher des stets explodierenden Zündkopfs abbekam, aber auch Anteile an der größten Bank des Landes, denn er war »old rich«. Man hätte sich denken können, dass der General keine normalen Leute kannte, es sei denn als Angestellte.

Das sabbatische Jahr ging allmählich zu Ende, und man war der Versuchung sehr nahe, daran noch mehr Zeit zu kleben. Dann aber wäre der junge Mann eine Made im Speck gewesen, ein Gast, der allein schon durch die Zeit lästig wird. Er hatte ja nichts mitgebracht als seine Neugier. Für sich selbst hatte er noch eine vage Hoffnung dazugepackt, etwas wie eine Wegbeleuchtung zu finden, ja, nur ein schwaches Licht, denn Wegweiser standen überall herum, oft so dicht, dass er sich den Schädel daran angeschlagen hatte. Deshalb seine Sehnsucht nach etwas Sichtlicht. Das Licht des Himalaja war klar, oft schmerzhaft grell, oft durch Regen gemildert, der die Farben leuchten ließ, die hier im Tal eher gedämpft waren. Die Leute aus den Bergen strahlten in ihrer knallbunten Ausgehtracht, die aus der Ebene glühten in ihren schrillen Tüchern, und hier bedeckte man entschiedene Muster mit Mulltüchern, damit sie nicht aufdringlich waren. Aus dieser Dezenz entstand eine eigentümliche Harmonie. So lebten die Leute auch miteinander, größte Gegensätze, in vielen Zwischentönen, farbig und trotz ihrer grellen Feste nicht bunt.

Feste waren fast ununterbrochen irgendwo, denn jedes Heiligtum hatte seines. Dann wurden seine Götterbilder auf tragbare Tempel verladen und mit viel Tschinderassa von einer Horde Frommer durch enge Gassen – die »alten Wege« – geschleppt, um eine verwandte Gottheit zu besuchen. Das war schwer, und die Träger schwankten auch von El'la, so dass der Sinn dieser Jatras wohl war, die reisenden Götter so durchzuschütteln, dass sie den Rest des Jahres davor bewahrten, ihre Last tragen zu müssen. Nur Nevar konnten wissen, welcher Gott mit wem verwandt sei und welcher Tempel die »Mutter« welches, doch all diese Feste wurden mit einer Inbrunst begangen, als hinge die Existenz der Welt davon ab. Die Emotionen wurden durch Frömmigkeit abgefedert, und alle Herren der Schöpfung wussten, dass nur Mütter mit den Göttern direkt sprechen konnten. Das allerdings lernten sie schon als Kinder, und da jede Kaste dabei ihre eigenen Umgangsformen hatte, war auch die Heirat von Frauen innerhalb der Kaste wichtig. Das klang komplizierter, als es in der Praxis war, denn kastenübergreifende Liebe gab es nur in Kitschromanen oder Filmen, und dann stets romeo-juliaesk mit Happyend.

Schwerer als das zu verstehen war es, aus Kathmandu wieder fortzukommen. Ja doch, es gab so etwas wie ein Reisebüro, und auch die beiden indischen Luftlinien hatten Niederlassungen, aber dort wurde man mit vielen boliparsis gefüttert, wie morgen und übermorgen auf Nepali hieß. Nach Delhi kam man immerhin, eine Woche nach Indra Jatra, und da waren auch noch die Abschiedsbesuche zu absolvieren, denn man wusste, man würde wiederkommen. An den Anfang setzte der Feldmarschall seinen Termin, ans Ende der General, dazwischen aber platzierte sich Herr Shrestha.

Indra Jatra dauerte mehrere Tage und begann eigentlich am Indra Chowk. Dort wurde eine große, bemalte Fahne aufgestellt und der Gott, der nur ein blauroter Kopf war, auf ein hohes Podest vor seinem Haus geschoben. Im Hof des alten Königspalastes fand derweil eine Art Stierkampf statt, bei der ein junger Büffel von zwei roten Bhairabs gereizt und dann von einem blauen mit einem großen Schwert erschlagen wurde. Sogar der König war anwesend, wenn auch nur durch sein Schwert vertreten, und alle Beamten sahen dem Spektakel zu, als würde es etwas über ihr Schicksal aussagen, und aus dem Riesenmund des vergoldeten Bhairab vor dem Palastportal ragte schon das Röhrchen, aus dem bald El'la fließen würde. Am nächsten Nachmittag wurden drei Pagodenwagen aufgebaut, der höchste für die Kumari und je ein anderer für Ganesh und Bhairab. Unter Kumari verstanden die meisten Besucher »lebende Göttin«, und es gab mehrere im Tal. Die Devi, also die große Göttin, dürstet auch nach männlichem Blut, und um ihren Blutdurst zu zähmen, wird sie in ein kleines Mädchen hineingebannt, das noch keinen Tropfen Blut vergossen hat.

Spätestens mit der ersten Mens war's mit der Göttlichkeit vorbei, doch bis dahin wurde das Kind als Göttin gehalten, und auch die Nevar sagten, dann sei es ruiniert. Auf jeden Fall wollte niemand eine gewesene Göttin heiraten, denn das würde nur Unheil bringen. Vielleicht waren die Mädchen auch nur völlig verzogen, meinte zumindest eines seiner Schwestern, eine Shakya, also aus der buddhistischen Goldschmiedekaste. Sie wohnte im Südwesten der Stadt, und von dort und aus dieser Kaste kam immer die Kumari. Sie wurde in einem alten Prachtbau beim alten Königspalast gehalten, den sie nur zweimal im Jahr verlassen durfte. Man sah sie, wie sie auf langen Stoffbahnen ausgeführt wurde, weil eine Göttin ja nicht auf Erdboden treten darf, und hinter ihr wurden zwei aufgeputzte Jungen als Begleitgötter hergetragen. Dann wurde sie auf ihren Wagen gesetzt, der vor dem neuesten Teil des alten Palasts stand, einem Nachbau einer Londoner Banketthalle, erbaut vom Vater des Generals, der gerne overbritish war, wie seine Restsöhne wussten. Auf den Tempelplattformen der Umgebung saß eine kunterbunte Kollektion aller Nepali in Festtagsschmuck, und sie sahen die königliche Sippschaft in dunklen Limousinen vorbeihuschen. Die begab sich dann auf einen Seitenbalkon neben die Kumari, von Hofschranzen sorgsam abgeschirmt, denn die sollten von der Göttin einen roten Fleck auf die Stirn bekommen, und da wusste man nie, wie das ausgeht. Beim letzten König hatte sie einmal gestreikt, und das hatte der nur knapp ein Jahr überlebt. Dann aber sah man den König doch kurz, wie er der Göttin eine Goldmünze zuwarf. Es war also alles gut gegangen, und sie hatte ihre göttliche Pflicht erfüllt.

Vor der Deichsel ihres Wagens, der auch ein Bhairab-Kopf war, wurde ein Hammel geopfert, die anderen Wagen bekamen nur Enten, denn sie waren nicht so wichtig, und damit war der eventuelle Blutdurst der Vehikel gestillt – eine verständliche Vorsichtsmaßnahme, denn gleich stürzten sich viele Männer auf die vorgespannten Seile, und die Kavalkade donnerte in halsbrecherischem Tempo zum Kasthmandap und dann links die Straße hinunter. Fünf geschmückte Shakyas, die Buddhas verkörpernd, läuteten dazu Glocken, und dann bekam das Volk seinen König doch zu sehen, samt seiner Familienbande, denn die zeigte sich auf dem großen Balkon, alle mit riesigen Sonnenbrillen. Deren Grund kannte man vom General: Eine alte Prophezeiung besagte, der letzte König Nepals werde schielen, doch die gesamte Sippe schielte grässlich. Auf einer Tempelterrasse stellten inzwischen Nevar lebende Bilder aus der Götterwelt, und nach einem Anstandsblick auf ihr Volk verschwand die Staatsmacht wieder in ihren dunklen Wagen. Immer mehr Leute drängten nun zu Sveta Bhairab, und über ein Menschenknäuel ergoss sich nun ein dünner Strahl Schnaps. Jeder wollte einen Schluck bekommen, Männer hoben ihre Frauen an die hochprozentige Quelle, Jungen begrapschten heimlich weibliche Hintern – es war eine kleine, schnapsbekleckerte Orgie, und auch der junge Mann bekam einen kräftigen Schluck ab. Am Rand des Trubels stand Herr Shestha mit drei Bekannten, und so endete der Abend in seinem Salon mit vielen kleinen Leckereien und wirklich göttlichem El'la, dessen Strahl diesmal aus dem goldenen Drachenmund einer silbernen Kanne floss.

Zu den Wundern des Tales zählte man, dass El'la keinen Kater hinterließ, doch diesmal blieb es aus, vermutlich, weil man zwei verschiedene getrunken hatte, die aufeinander eifersüchtig waren, und am Abend sollte man zum Feldmarschall. Der General hatte Mitleid mit dem erbärmlichen Anblick und versuchte ihn mit altem Brandy zu kurieren, der das Kopfweh zwar behob, aber ganz schön duselig machte. Den Nachmittag verbrachte man im Bett, und als man sich erholt hatte, warteten die Herrschaften bereits, denn diesmal wollte auch Prinzessin Mana ihren Schwager besuchen. Sie war die ältere Schwester König Tribhuvans und dem General schon als Kind verheiratet worden. Man hatte sie schon einige Male gesehen, aber immer nur für einen huldvollen Gruß, und nun war man nervös. Prinzessin Mana sprach auch kein einziges Wort, nicht während der Fahrt und auch nicht beim Essen, erst danach im Salon zur Hausfrau. Sie sprach ein hervorragendes Englisch, und der Feldmarschall meinte, die Frauen seien einfach zu vornehm für ihre Ehemänner. Da meinte seine Frau, das wisse sie seit ihrer Hochzeit, und da die Damen gut gelaunt waren, begannen sie nach den neuen Männergewohnheiten in Europa zu fragen, und man wurde sehr verlegen. Zum Glück hatten die alten Herren nicht nur viel getrunken, sondern auch Charas geraucht, wie hier das Haschisch hieß, und die Damen unterhielten sich doch lieber über die Laster ihrer Ehemänner. Ganz genau wusste man nicht mehr, wie man heimgekommen war.

Es war jetzt viel los. Tagsüber musste man in irgendwelche Büros wegen der Heimreise, denn die Karten mussten nicht nur bestellt und bezahlt, sondern auch *confirmed* und *reconfirmed* werden, und am Abend waren viele Straßen gesperrt, weil Theater gespielt wurde. Kathmandu war nämlich nicht nur voller frommer Gesangsvereine, sondern auch voller Theatergruppen, und die zeigten jetzt, was sie sich vorgenommen hatten. Es war ruppiges Stegreiftheater, und als Vorbild dienten Groschenromane, die auch in Kathmandu die am häufigsten gelesenen waren. Das Publikum saß auf schmalen Bänken, lachte, klatschte sich auf die Schenkel und gab ständig laute Kommentare ab. Es war ja auch komisch, den Herrn Gemischtwarenhändler an der Ecke plötzlich als steinreichen Vater einer heiratsunwilligen Tochter outrieren zu sehen, und die Jungfrau wurde von ihren Kindern im Publikum bejubelt. Es gab alle Typen, mit denen schon Goldoni und Nestroy ihr Publikum gefüttert hatten, und alle Affen bekamen reichlich Zucker. Herr Shrestha meinte, diese Herrlichkeit würde bald enden. Schon jetzt würden sich die Leute bemühen, indische Filme nachzumachen, die alles viel perfekter könnten, und wenn es erst einmal Fernsehen gebe, würde die nevarische Kultur darin aufgelöst wie Zucker in Tee, und es würde weder gesungen noch gespielt, weil es das ja dort besser gebe.

Das Essen in seinem Haus war sehr bemerkenswert. Man saß mit zwei anderen Gästen im Salon und unterhielt sich bei El'la, während ständig neue Naschereien gereicht wurden, zuerst Nüsse und alle möglichen Backsachen, dann heiße Innereien. Am beeindruckendsten waren Ziegenlungen, die man mit Backteig gefüllt, gekocht und dann knusprig gebraten hatte. So ging das, bis man satt war, in langen Abwechslungen, doch dann wurde am Boden ein Tischtuch ausgebreitet, man setzte sich drumherum, und nun kam erst das richtige Essen. Es war eine Völlerei, und am Ende kam die Hausfrau. Natürlich sprangen alle auf, sie zu grüßen, und sie schenkte El'la aus, hielt dabei die Silberkanne hoch über ihren Kopf, und kein Tröpfchen verfehlte die winzigen Schalen auf dem Boden. Dann gab es noch einen Schnaps »for the way« und darauf einen »lucky drop« – voller Seligkeit wankte man nach Hause.

Es war wirklich ein Jammer, dass man diese Welt verlassen sollte, auch wenn man sich vornahm, möglichst bald wiederzukommen. Fast alle Menschen schienen sich verschworen zu haben, einem den Abschied so schwer wie nur möglich zu machen. Man bekam kleine Päckchen, doch man durfte sich nicht für sie interessieren oder sie gar öffnen, denn das wäre ein Zeichen von Gier gewesen, sondern durfte sie nur gleichgültig wegstecken, und dabei war einem vor Rührung zum Heulen zumute. Man durfte sich eigentlich nicht einmal bedanken, am wenigsten beim General, der tat, als wäre seine Gastfreundschaft selbstverständlich. Und was sollte man als Dank schenken? Was es in Kathmandu gab, hatte die Herren alles, und da man vom Feldmarschall für den Großvater ein aktuelles Foto der Brüder bekommen hatte, ließ man den schon etwas zerknitterten Großvater zweimal beim Hoffotografen kopieren und steckte ihn in Silberrahmen, wie es sie auf dem Markt gab. Damit war die Kasse schon etwas knapp geworden, doch man hoffte, dass in Delhi wieder etwas Geld wartete. Für Großvater besorgte man das neueste Buch über Nepal, in Delhi gedruckt, und für Herrn Shrestha hatte einem der General uralten Whisky eingepackt. Er meinte, er müsse über hundert Jahre alt werden, seine Vorräte auszutrinken.

Dann hatte man seine Abschiedsbesuche erledigt, seinen Rucksack gepackt – nichts mehr hätte darin Platz gehabt – und ging schweren Herzens zum Palast des Generals hoch. Ja, doch, für Himalaja-Verhältnisse war das Gemäuer einer, und diesmal hatte der General nicht im Speisesaal decken lassen, sondern auf der Terrasse daneben, die einen sonst kaum benutzten Eingang überdachte. Man saß gemächlich im frühen Abendlicht, guckte über Windlichter auf die von Kathmandu, und es war zum Heulen schön. Man kannte, was man sah, schon mit seinen Namen, und der General examinierte nachsichtig. Dann zitierte er etwas Tagore über Vergänglichkeit, und nun wurden die Augen wirklich nass. In diesem Augenblick erschien Prinzessin Mana in einem Prachtsari und goss symbolisch Wein nach. Nun war man endgültig verabschiedet. In seinem schon aufgeräumten Zimmer heulte man ein wenig, und dann hörte man noch einmal in der Stadt das Finale der Bhajan. Das Getröte aus einer Meerschnecke, einem Tritonshorn, war der Zapfenstreich, und dann kläfften die vielen Köter Kathmandus eine kleine Nachtmusik.

Natürlich dauerte die Reisebürokratie in Delhi auch wieder länger, als man vorgehabt hatte, und man war froh, als man endlich im Flugzeug saß. Man war in die Welt gereist, wie immer mit Empfehlungen, und hatte gemerkt, dass einen Großvater an der langen Leine gehalten hatte. Man guckte aus dem Fenster auf die halbzerfallenen indischen Dörfer, neben denen gerade neue entstanden, und dachte an die Veränderungen der Welt. Man hatte Glück gehabt, unverschämtes Glück, einer eigentlich schon untergegangenen in ihrem Abendlicht begegnen zu dürfen. Ob das Großvaters

Absicht war oder seine uralte Gewohnheit, wollte man nicht wissen, und er hätte solche Fragen nicht beantwortet. Sehr fern von ihm hatte man viel über ihn erfahren, was man zwar daheim hätte hören können, sich aber nicht vorstellen konnte. Die alten Herren, denen man begegnet war, erschienen wie ferne Spiegel einer verflossenen Lebenskunst. War sie wirklich nur an zwei Weltkriegen untergegangen oder an einer Umwertung aller Werte? Sicher, die man kennen gelernt hatte, waren privilegiert gewesen und genossen noch die Reste ihrer Herrlichkeit. Hatte es ihretwegen Revolutionen gegeben? Jetzt jedenfalls waren sie die besseren Herren, und sie hatten immer noch, was Revolutionen immer nur zu schaffen versprachen: Kultur. War man zwischen die Zeiten geraten oder war dort der einem angemessene Platz?

Zwischenlandung in Damaskus. Das Licht war diesig und der Transitraum dunkel. Aufenthalt in Rom. Der Petersplatz war auf dem Boden eines Aquariums aufgebaut, und all die Statuen, Säulen, Sockel, Kapitelle und Simse zeigten Ellbogen. Steinerne. Auch in Kathmandu gab es solchen Kitsch, aber der war wenigstens aus Gips und protzte nur seine Hinfälligkeit, und das wirklich Schöne war aus Holz, der Vergänglichkeit anheim gegeben und von einer so zeitlosen Anmut, dass darüber nur Kunsthistoriker aneinander geraten konnten. Vor allem aber fehlte das Licht, das wunderbar gnadenlose, harte, das Farben in grelles Grau verwandelte und Fotografen wild fluchen ließ. Er hatte Heimweh. Die vielen Katzen waren appetitlicher als die vielen Hunde des Himalaja, doch das ärgerliche Kläffen der Nacht fehlte.

Düsternis auch beim Großvater, wirkliche. Er kam über den Tod Herrn Mandis nicht hinweg, schaltete am Abend das Licht nicht mehr ein und saß im Dunkel seines Arbeitszimmers am Schreibtisch, bis ein Mädchen Licht machen wollte. Meist wurde es beim ersten Versuch angeschnauzt, beim zweiten, eine Viertelstunde später angeknurrt, und nach schon wirklich lästigen Wiederholungen gab der Großvater auf. Das Mädchen machte Licht, Großvater stand auf, schlurfte an ihr vorbei, durch den Vorraum die Treppe hinunter in die Küche, wo er sein Nachtmahl zu sich nahm. Meist schweigend, und niemand wollte ihn ansprechen. Er hatte nie viel gesprochen, außer wenn er zornig war, aber nun sorgte sich das verbliebene Personal, das ihn schon mindestens vierzig Jahre kannte.

Die Mutter wohnte jetzt meist ein Tal und eine Dreiviertelstunde Fahrt weiter und kam nur alle drei Wochen auf eine, um nicht depressiv zu werden, wie man in der Küche sagte, und es sah wirklich deprimierend aus. Im Barocktrakt waren die Fenster vernagelt, und die Dachrinnen hingen herunter, am Zehnstadel war das Dach großteils eingefallen, und in der Gärtnerei zeigten Wiesen, wie groß sie einmal war. Die Warmbeete waren bis auf eine Viertelreihe verschwunden und mit der Erde der Gemüsebeete zugeschüttet, und der nun auch schon auf die Achtzig zugehende junge Gärtner bewirtschaftete nur noch einen Fleck in der Größe eines ordentlichen Bauerngartens. Fast alle Gerätehütten waren verschwunden, auch das Bienenhäuschen, und es ließ sich nicht einmal sagen, wo was gewesen war, da auch etliche Bäume weg waren. Auf dem ehemaligen Bowlinggreen waren die Spuren der russischen Agrikulturversuche völlig verwuchert, und die steinernen Halbgötter reckten ihre zerschossenen Armstümpfe in den Herbsthimmel. Sogar der Wirtschaftshof war überwuchert. Es gab nur noch ein paar Hühner, drei Schweine und Großvaters altes Pferd, auch schon ewig auf Gnadenbrot.

Man versuchte mit dem Großvater über das Sitzen im Dunklen zu sprechen, und er sagte, er habe genug gesehen. Auch für die Reiseberichte interessierte er sich kaum; ja, so habe man einmal gelebt, und zu den Fotos der alten Herren in Kathmandu meinte er, sie seien eben auch alt geworden. Lesen würde er übrigens nicht mehr, und damit schob er das Buch zur Seite. Um das Nötige kümmerten sich nun die jüngste Schwägerin und ihr Mann, der immer schon die Verwaltung gemacht hatte. Man konnte Onkel Oskar nicht leiden, denn er war verbittert, dass er keine Kinder hatte, obwohl er hätte wissen müssen, dass er dann nie diese Stelle bei den Großeltern bekommen hätte. Nun redete auch er nicht mit einem, was Tante Maria nicht gut fand, aber wie immer fügte sie sich. Man vereinbarte, jeden Montag anzurufen, um sich nach Großvaters Befinden zu erkundigen.

Ärger auch in Wien. Man hatte seine Wohnung einem verrückten Maler überlassen, der seinen böhmischen Namensteil eingedeutscht hatte, weil das so origineller klang. Er hatte gehaust und war schon wieder weitergezogen. Jede Menge Mist lag herum, und den schönen Teppich hatte er als Malunterlage für Ölbilder benutzt, ohne Papier darauf zu breiten. Als man sich vor Schreck auf den Küchenstuhl setzte, blieb man mit der neuen Hose darauf kleben, denn auch den hatte er bemalt.

Wirbel auch mit Gudrun. Man hatte nicht erwartet, dass sie einem während der doch sehr langen Zeit treu blieb, aber sie hatte übertrieben und sich einen Tripper eingefangen, der noch nicht richtig ausgeheilt war. Entsprechend verdruckst war das Wiedersehen. Mit dem Sari konnte sie nicht viel anfangen, die gläsernen Armreifen legte sie an und zerbrach gleich etliche ... Man war verstimmt und ging einander zwei Wochen aus dem Weg. Dann kroch man wieder zusammen. Es war nicht leicht, sich wieder an Europa zu gewöhnen.

Viele Idioten haben Unsinn über ihre Studentenzeit geschrieben. Carl Ludwig Schleich zum Beispiel hatte eine »besonnte Vergangenheit« und bekam »Haschisch gespritzt« – Gaudeamus igitur. Studieren ist langweilig, im Grunde eine Fortsetzung der Mittelschule. Man muss lernen, büffeln und pauken, ein altes Ritual, und dazwischen finden die Rituale der Dummheit statt. Wer mit wem und gegen wen. Der Krieg hatte viele Männer gekostet, und das Land lechzte nach Akademikern. Die Nazizeit hatte aber auch ihre besten gekostet, und an der Uni waren die verblieben, die einst linientreu waren, und das waren sie noch immer, nicht einmal hinter vorgehaltener Hand. Von der berühmten Wiener medizinischen Schule war nichts übrig geblieben, und bei den Herren Gabriel, dem alles Manie war, oder Rohracher, der noch simpler gestrickt war, durfte der Judenname Freud nicht erwähnt werden. Die allermeisten Studenten passten zu ihnen. Und die meisten Professoren zueinander. Man konnte sie vergessen, je schneller, desto besser.

Gudrun allerdings war eifersüchtig, denn einige Medizinstudentinnen waren wirklich sehr hübsch. Man interessierte sich allerdings mehr für Theater, denn Gudrun war dabei, Schauspielerin zu werden. Alle Monate wurden neue Theater gegründet, denn sofern sie nur neunundvierzig Sitze hatten, brauchten sie keine Steuern zu zahlen. Unter den meisten Kaffeehäusern der Innenstadt waren geräumige Keller und die boten sich dafür geradezu an, doch die Gage bestand meistens nur aus einem Straßenbahnfahrschein. Wer Kunst machen wollte, musste dafür eben büßen, und so spielten die meisten Schauspieler in der Hoffnung, einmal entdeckt zu werden. Einige wurden dabei depressiv und brachten sich um – so kamen sie wenigstens für kurze Zeit ins Gespräch.

Es gab aber große Theater, die keine Steuern zahlten, denn sie gehörten dem Staat oder dem Gewerkschaftsbund, eines auch einer Bank, die alles zurecht rechnete, und die Schauspieler dort waren richtige Stars, denn die Wiener lagen ihnen zu Füßen. Die alten Nazis bewunderten Werner Krauß, Käthe Dorsch oder das Ehepaar Paula Wessely und Attila Hörbiger, die nicht ganz so Braunen Käthe Gold, den stets besoffenen Oskar Werner oder Leopold Rudolf und die Kenner Alma Seidler, die sich nie aus dem Burgtheater gewagt hatte und ihren schon etwas vertrottelten Mann brav an der Hand führte. Man verdiente sich etwas Geld, indem man in der Kantine der Burg aushalf, und dann wurde man von den alten Mimen getriezt. Otto Tressler, der schon seit dem alten Kaiser zum Inventar gehörte, wollte immer Würstel mit Senf. Raoul Aslan, der sich keinen Text merken konnte und einem immer auf die Hose guckte, wollte sie mit Kren. Darauf wollte sie Herr Tressler mit Senf und Kren und eine Minute später Herr Aslan auch. So ging das hin und her, weil die beiden einander nicht leiden konnten, aber stets an einem Tisch saßen. Schwerhörig waren sie auch, und bei Herrn Aslan musste die Souffleuse jedes Mal brüllen. Einmal musste er sagen: »Es ist halb acht«, doch er war eingeschlafen. Das Publikum wartete gespannt. Plötzlich gab er sich einen Ruck und sagte: »Wie wir soeben alle gehört haben, ist es halb acht.« Begeisterter Applaus. So war das gehobene Staatstheater.

Mehr Geld verdiente man durch Magnifizenz, die an zwei Romanen arbeitete und deren Manuskripte man mit Schreibmaschine abschreiben durfte.

Großvater begann Sorgen zu machen. An seinem 95. Geburtstag hatte er nur am geschmückten Tisch gesessen und fast kein Wort gesagt. Mutter hatte man kurz gesehen, aber sie blickte weg und sprach nur mit dem Onkel, den man nicht leiden konnte. Der ignorierte einen auch. Auf den Schreibtisch in seinem Arbeitszimmer hatte Großvater die Todesanzeigen seiner Freundinnen gelegt. Sie waren aber schon länger gestorben. Vom Personal hörte man, er würde manchmal wieder Englisch lesen, denn er hatte in London studiert. Als man ihn fragte, ob er seine Sprachkenntnisse auffrischen wolle, sagte er, dass er genug von der Welt habe und ihn alles nur noch langweile.

Ein Jahr später hatte er verboten, für ihn den Tisch zu schmücken. Aus dem Haus sei er nur einmal gegangen, um den Schaden am Barocktrakt zu besehen, wo ein Teil des Daches eingestürzt war. Man hatte den Schaden im Frühling behelfsmäßig repariert, doch an den Fresken im Speisesaal fraß nun der Schimmel. Der ganze Krempel sei längst vergangen und gehöre eigentlich weg, meinte Großvater. Er ging jetzt auch mit Stock schwer und saß fast nur noch. Das meiste Land habe er an die Bauern verkauft, für eine Jahrespacht, denn sie würden nach ihm genügend Sorgen haben. Nach dem Ersten Weltkrieg habe er mit der Republik einen Vertrag geschlossen, der die Besteuerung der Monarchie aufrecht erhielt, so lange er lebe, und da waren seine Pächter eingeschlossen. Danach müssten sie selbst Steuern zahlen und selbst sehen, wie sie das überlebten. Er habe zu nichts mehr Lust. Seine privaten Papiere habe er bereits alle vernichtet – »da wird einmal niemand schnüffeln können« –, und nun sei für ihn nichts mehr zu tun. »Ich habe genug gesehen. Die erste Hälfte meines Lebens war aufregend und schön, aber danach wurde alles mieser und mieser.« Dann schenkte er einem seine goldene Uhr, eine Berloque von 1885, als er noch in einem Fahrradclub war, sein leicht derangiertes Taschenmesser, das er an seinem sechzehnten Geburtstag gekauft hatte, seine erste Haschischdose und andere Kleinigkeiten, die für einen viel wert waren.

Einige Wochen später, die Semesterferien hatten gerade begonnen und man wollte eigentlich arbeiten, hörte man, dass Großvater an den Füßen schwarze Flecken bekommen hatte. Der Arzt diagnostizierte Altersbrand und ließ ihn ins Krankenhaus schleppen. Als man kam, war Großvater schon wieder zu Hause. »Ich bin daheim geboren, und ich will daheim sterben«, hatte er gesagt. Man hatte ihm allerdings drei Zehen abgenommen, und nun lag er im Bett. Gegen eventuelle Schmerzen spritzte ihm der Doktor Morphium, was der Großvater nicht leiden konnte, weil er davon etwas benommen wurde, und aus dem Krankenhaus der Kleinstadt kamen alle zwei Tage Ärzte, um nach ihm zu schauen. Mutter war auch da, aber sie ging einem aus dem Weg und sprach kein Wort. Man holte sich den Stuhl aus Großmutters Boudoir, auf dem man schon elf Jahre zuvor gesessen war, und setzte sich zu Großvater. Meist schaute er in die Luft, und gelegentlich nickte er etwas ein. Appetit hatte er keinen mehr, und nicht einmal Slibowitz schmeckte ihm. Zwei

Tage später kratzten ihm die Ärzte noch eine Zehe ab, und dann hatte der Brand auch das andere Bein erreicht.

»Eigentlich habe ich lustig gelebt, und ich will auch lustig begraben werden«, sagte er am nächsten Tag. Dann diktierte er einem ein paar Musikstücke, die er bei seinem Begräbnis hören wollte. Gleich darauf kam der Doktor, sagte, die Situation sei katastrophal, und man schrieb den Diktatzettel einige Male ab. Im Wirtschaftshof wurde die Lafette gestrichen, die schon Großvaters Vorfahren auf den Friedhof gekarrt hatte.

Gegen eins wollte Großvater etwas Champagner trinken. In der Küche war Gott sei Dank etwas kalt gestellt. Er trank ein, zwei Schluck, sagte: »Es ist gut« und schlief ein. Die Mutter kam kurz vorbei, sagte kein Wort und sah einen nicht an. Der Ankleideraum füllte sich wieder mit Leuten wie bei Großmutters Tod, doch es waren längst nicht mehr so viele. Dann kam der Onkel mit dem Doktor und sagte, man solle gehen. Großvater begann zu röcheln.

Man ging an den Leuten vorbei, hinunter in den Wirtschaftshof, wo die Lafette in der Sonne trocknete, und dann in den Hof vor den Barocktrakt. In der Kapelle, rechts vom Treppenhaus, schlug der Dorftapezierer mit einem Lehrling die Wände mit schwarzen Tüchern aus, und auch den Riss im Altarbild, der noch von den Russen stammte, versuchte er zu kleben. Wie heruntergekommen alles aussah. Vielleicht hatte Großvater Recht gehabt, als er das alles ferne Vergangenheit nannte, die nun vor sich hinmoderte, unnütz geworden und unverständlich. Eigentlich nur noch für die Spatzen gut, die in der Sonne herumtobten.

Kurz nach sechs machte Mutter Großvaters Schlafzimmerfenster auf. Er war also gestorben. Man stand noch eine

Weile etwas sinnlos im Hof herum, sah, wie die Leute das taten, was nun zu tun war, und ging dann hinauf. Großvaters Schlafzimmertür stand offen, eine Kerze brannte, und er lag sehr weiß auf seinem Bett. Draußen tschiepten die Vögel. Man ging in die Bibliothek, die sehr verstaubt war, und dann in sein Zimmer, das schon das Kinderzimmer gewesen war, holte sich in der Küche etwas zu essen und ging wieder mit ein paar Kerzen zu Großvater, die Totenwache halten.

Natürlich hatte sich lange herumgesprochen, dass der alte Herr im Sterben lag, und dann war ein solches Kommen und Gehen, dass der Slibowitz fast zur Neige ging. In der Kapelle roch es schwer nach welkenden Blumen und Großvater, denn es war sehr heiß. Die Parte hatte der Onkel gestaltet, und sie enthielt sämtliche Titel Großvaters, aber kein einziges »von«, denn das war in Österreich seit 1918 verboten, außer für Herrn Karajan. Zum Begräbnis kamen fünf Blasorchester, acht Schützenvereine, zehn Feuerwehren, einige Tausend Leute und aus St. Pölten der Bischofkoadjutor Dr. König mit einem Rudel Geistlichkeit. Die Pferde hatte man allerdings von zwei Fuhrleuten ausgeborgt, doch sie hatten früher Großvater gehört, und außerdem kamen fünf fernere Verwandte und acht Freunde, beziehungsweise deren alte Kinder – alle anderen waren weggestorben.

Während in der Kapelle viel Weihrauch qualmte, wurde der Zug formiert. Hinter dem Ministranten mit dem Kreuz eine Blasmusik, dann schwitzende Schützen und Feuerwehr, dann wieder ein Blasorchester und so weiter. Dann hoben acht Feuerwehrler Großvater auf die Lafette, die Geistlichkeit stellte sich davor, und dann kam man selbst, dahinter der Onkel mit der tiefverschleierten Mutter, die

Restverwandtschaft, die Adelsreste, der Bezirkshauptmann und das Volk, aufgeteilt in Männer und Frauen. Nun trötete das erste Orchester den Schönfeldmarsch.

Im ersten Augenblick durchfuhr einen ein Schreck, denn man hatte nicht nachgedacht, welche Musik Großvater bestimmt hatte. Dann zischte der Onkel von hinten »Unverschämtheit!«, und alle versuchten Trauerschritt zu gehen. Beim Deutschmeistermarsch aber waren die Pferde nicht mehr zu halten. Die Geistlichkeit raffte ihre Soutanen und ging schneller, die Schützen und Feuerwehren marschierten erleichtert los, und nun ging alles sehr schnell. Nach vier Märschen war man bei der Kirche. Sie war vor ein paar Jahren vergrößert worden, fasste aber nicht einmal die Hälfte der Trauergäste, und die anderen standen vor dem Wirtshaus, lachten und tranken. Schließlich rumpelte der Sarg zum Radetzkymarsch auf den Friedhof. Kein Auge war trocken. Die Mutter, der Onkel und die Restverwandtschaft waren sehr zornig. Bei der Zehrung musste man im Hof bleiben, bei den Leuten, die auf den Tischen und Bänken gar nicht genug Platz hatten. Einige Frauen aus dem Dorf bedienten, während die Ehrengäste oben saßen, aber nicht im Barocktrakt, denn der war ruiniert. Alle sagten, ein so lustiges Begräbnis hätten sie noch nie erlebt, und dann hielt der Bezirkshauptmann eine Rede aus dem Fenster. Er nannte Großvater die Hinterlassenschaft einer glorreichen Zeit, die nun vorbei sei, und dann kam der Bischof unter das Volk. Er fragte, wer die Idee mit der Musik gehabt habe, und man antwortete, dass sie einem Großvater an seinem letzten Lebenstag diktiert habe, da er »Zwiebelschneidemusik« nie habe leiden können. Dr. König blieb stehen, guckte einen Augenblick ratlos drein und sagte dann: »Er muss ein sehr origineller Mensch gewesen sein. Aber mit viel Niveau.«

Da wurde der »letzte Schnaps« gereicht. Da Dr. König ein Bauernsohn war, versuchte er ihn zu trinken wie die Bauern und musste husten. Und er meinte, er sei professionell doch eher auf Wein geeicht.

3

Mutter war nicht zur Testamentseröffnung gekommen. Onkel Oskar, der fürchterlich ernst dreinsah, sagte, sie kenne es ja und er auch. Mutters Anwalt sah auch bedeutend drein, und man fühlte sich unwohl in seinem viel zu warmen Anzug mit dem Trauerflor. Der Notar schnitt das Couvert auf und las: »Da meine Tochter nachweislich am Untergang des Abendlandes beteiligt war, man das von meinem Enkel aber noch nicht sagen kann, verfüge ich …« Man wurde als Alleinerbe eingesetzt, und das klang nach viel, doch bevor man das begriffen hatte, unterbrach der Onkel und sagte, das Testament sei selbstverständlich aufgrund des Geisteszustandes von Großvater ungültig und werde vor Gericht angefochten. Zu Hause setzte man sich in Großvaters Arbeitszimmer. Dort war, seit er krank wurde, kein Staub gewischt worden, doch als man genauer nachsah, schon sehr viel länger dort nicht, wo Großvater nicht so oft hingesehen hatte. Das Personal kannte ja seine Gewohnheiten und wusste, wann er was brauchte, und dass er nicht mehr so gut sah. Sogar Spinnweben gab es. In der Küche hörte man, dass es Frau Luftensteiner Marie sehr schlecht gehe und Großvaters Kaffeehäferl am gewohnten Ort stehe. Es waren nur noch ein paar alte Leute im Haus, und die wirkten wie narkotisiert, da nun Onkel Oskar das Kommando übernommen hatte, den nicht einmal seine Frau so richtig leiden konnte. Mutter war ohne ein Wort in ihre Landwohnung gefahren, und nun saß man da. Großvater war uralt geworden, dass er aber geistesgestört gewesen sei, konnte man doch nicht sagen. Nun musste man sich auch einen Anwalt nehmen. Nichts als Ärger.

Ärger auch mit Gudrun wegen Herrn Kortner. Der war ein Jud' aus der Leopoldstadt, der in den Zwanzigern ein berühmter Schauspieler war und nach dem Krieg Regisseur wurde und sich sogar nach Wien zurückgetraut hatte. Er nahm die Dichter beim Wort, und es ging ihm um die Gefühle, die dazwischen steckten. Die musste man zeigen, wie sie in der jeweiligen Gesellschaft stattfanden, und deshalb musste man die Formeln vergessen, die man an den Schauspielschulen gelernt hatte und die sich in den jeweiligen Theatern stets typisch ausgebildet hatten. Bei Erschütterung beispielsweise schlug man in der Burg mit den Händen ans Gesicht, während man in der Josefstadt den Kopf in eine aufgestützte Hand sinken ließ. Die Individualität der Schauspieler erkannte man an den kleinen Varianten der Gesten, und Herr Kortner mochte das alles nicht. Das Pech der meisten Schauspieler war, dass Herr Kortner ihre Manierismen kannte oder schnell durchschaute und sie sich etwas Neues einfallen lassen mussten. Er mochte keine »Darstellbeamten«, und die sagten, oft noch Jahre später, er habe sie »fertig gemacht«. Dabei liebte er Schauspieler und konnte sich wie ein Kind freuen, wenn etwas gut gelang. »Theater ist natürlich eine Lüge«, sagte er einmal, »aber Lügen müssen glaubwürdig erzählt werden, wie von einem Kreditbetrüger bei einer Bank.« Nun lief auf dem Gericht gerade ein Eifersuchtsprozess, und Herr Kortner schickte einen hin, zuzuhören, wie der Ehemann seine Frau abgemurkst hatte. Gudrun fand das läppisch und hielt es für Missbrauch eines Regieassistenten, doch man selbst fand es sehr richtig, denn darum ging es ja auch bei »Othello«, den Herr Kortner an der Burg machte. Man stritt derartig, dass sich Gudrun »bis nach der Premiere« bei ihrer Mutter verschanzte. Herr Heinrich Schweiger, noch jung und ehrgeizig, also stolz auf seine schwarze Schminke, wusste allerdings nicht, dass sein Bühnenneger eigentlich aus Floridsdorf kam und Wojtacek Heinrich, Beruf Hilfsarbeiter hieß. Herr Kortner ließ den emporgekommenen Admiral auch in seiner Körpersprache entgleisen, und er wurde ein venezianischer Hilfsarbeiter. Das aber sei nicht von Anfang an gedacht gewesen, sondern habe sich »einfach so ergeben«, sagte er nach der Probe im Café. Man leistete ihm dort gerne Gesellschaft, denn er hatte eine Unmenge düster funkelnden Humor. Einmal sagte er, am liebsten hätte er den »Faust für Hitler inszeniert – aber ohne einen einzigen Strich«.

Gudrun aber konnte ihn nicht leiden. Sie hielt ihn seiner Genauigkeit wegen für pedantisch und mochte auch nicht seine pechschwarzen Witze über die Wiener Nazis. Die mochte auch nicht Herr Weigel, Wiens Großkritiker, den man immer an seinen zwei Brillen auf der Nase erkannte und der Wert darauf legte, dass man wusste, wann er in welchem Café residierte. So fand ihn einmal auch die Frau Kammerschauspielerin Käthe Dorsch, eine Knattertragödin der ganz alten Schule, und ohrfeigte ihn gründlich. Da sie dazu noch ein paar saftige Nazisprüche von sich gab, freute sich ganz Wien, doch Herr Weigel wollte geliebt werden, obwohl er Jude war, und machte deshalb gemeine Witze über Herrn Kortner, nur weil sich die meisten Wiener darüber freuten. Es war ja für die meisten Wiener ein Muss, ihn nicht leiden zu können, einfach zwanghaft.

Vielleicht lag es an Herrn Kortner, dass man auf das Zwanghafte in Wien mehr zu achten begann. Die Leute konnten einander nicht leiden, sich selbst eigentlich auch nicht, und eines der für sie charakteristischen Worte wurde »feinzeilig« ausgesprochen, auf Deutsch aber »feindselig« geschrieben. Um eine Art Wiener Gemeinschaft zusammenzuschmieden, brauchte es einen mit etwas anderer Meinung, gegen den sich dann auf wundersame Weise alle sofort einig waren. Kritische Gedanken waren unerwünscht, denn unter Kritik verstanden alle nur Schimpfen, und Denken war in der Praxis eine kurzatmige Tätigkeit, vor allem, wenn mehr als zwei beisammen waren. Vielleicht aber ist es dieses Zusammenrücken, über das man im Zusammenhang mit anderen Tieren schon bei Herrn Darwin gelesen hatte, was man unter Heimat oder Patriotismus versteht. Dann musste man den Wienern, diesen zusammengewürfelten Restbeständen eines Imperiums, mit der trotzig-rotzigen Devise »Mir san mir«, zumindest Patriotismus zugestehen.

Die anderen, von den anständigen Wienern »Ruaß« genannten, trafen sich im Café Sport in der Schönlaterngasse. Hanf und überhaupt war kürzlich verboten worden – Grund dafür war irgendeine Uno-Sache, gegen die man mit aller Aussichtslosigkeit protestiert hatte –, doch hier gab es noch alles. Das Café war eine Bruchbude mit Billard, von der man wusste, dass es sie bald nicht mehr geben würde, da das Haus saniert werden sollte, hatte ebenso hinreißend blödes wie fast herzensgutes Personal und eine Jukebox, die das Geschäftsgeheimnis war. Herrn Lersch gab es nicht mehr,

Globetrotter aber umso mehr, und die hatten das Gerät mit vielen fremdartigen Platten bestückt. Manchmal kam einer, stellte sich zur Box, warf eine Platte ein, hörte ihre ersten Takte und setzte sich dann – damit wusste man, woher sein Haschisch kam, das er verkaufen wollte. Da gab es – die Schallplatten waren ja kleiner geworden – flötengarniertes Hirtengedudel aus Marokko, Schnulziges aus dem Libanon, viriles Gegurgel aus Afghanistan, einen ganzen Subkontinent abdeckende Hindimovie-Schlager und den jeweils passenden Stoff. Er war zwar ein wenig teurer geworden, doch die Preise waren immer noch human. An der Ecke zur Sonnenfelsgasse gab es noch ein winziges Beisel, nach der Wirtin »Steffi« genannt, mit passablem Fraß und einem winzigen Extrazimmer mit einem großartig alten Orchestrion. Damit war, von zwei, drei Vorstadtbeiseln abgesehen, das Terrarium der Wiener Boheme in seinen Grenzen beschrieben, und die Säufer überwogen, angeführt von Hermann Schürrer, der sich nicht mehr artikulieren konnte und deshalb als Lyriker galt, bis zu Padhi Frieberger, der vom Verkauf selbstgemachter Kappen lebte, die er loswurde, seit Hundertwasser mit einer seine beginnende Glatze verdeckte, und eigentlich auch etwas anderes war. Dann gab es noch eine andere Clique, die sich demonstrativ im Hawelka traf, dort dekorativ diskutierte und sich »Wiener Gruppe« nannte, doch am späten Abend sah man sie alle wieder im Sport, wo sie sich eindeckten. Nur HC rauchte nicht und sagte: »Ich bin jetzt so lange glücklich versoffen. Ich will mich nicht scheiden lassen.« Doch manchmal rauchte er auch.

Man hatte fürchterlich viel zu tun. Da war man Regieassistent, wollte andererseits nicht die Abenteuerchen der

Boheme versäumen, und studieren sollte man auch noch. Magnifizenz, mit der man immer noch einmal die Woche frühstückte, meinten allerdings, sich Verzetteln gehöre nun einmal zur Jugend.

Von Herrn Murer hatte man bislang nicht einmal gewusst, dass es ihn gab, und ohne den Herrn Wiesenthal hätte man auch nie etwas von ihm erfahren. Herr Murer war Obmann der Bezirksbauernkammer in der Steiermark, also ein schwarzer Großkopferter, und davor war seine Ehre Treue gewesen, in irgendeinem Ghetto, und darauf war er eigentlich stolz, denn er hatte nur seine Pflicht getan, wenn auch besonders eifrig, wie es sich eben für Ostmärker gehörte, also hundertfünfzigprozentig. Das wieder passte Herrn Wiesenthal nicht, einem Wiener Ingenieur, der die Seinen im KZ verloren hatte, Dienstag und Donnerstag am Vormittag im Café Bräunerhof saß und Gerechtigkeit wollte. Er bekam sie auf Wienerisch: Man stellte Herrn Murer zwar vor Gericht, aber es war von Anfang an klar, dass er nicht verurteilt würde. Also ging man zu Herrn Wiesenthal ins Café und sagte, dass er schon ein rechter Trottel sei, die Überlebenden des Herrn Murer aus allen Himmelsrichtungen einfliegen zu lassen, um sie dann österreichischen Richtern vorzusetzen. Von denen die meisten unter »mehr Gerechtigkeit für Juden« mehr Gas verstünden. Das sah sogar Herr Wiesenthal ein, was man am Schlackern seines Kinns merken konnte, denn zugegeben hätte er das nie, wie man schon von Magnifizenz gehört hatte. Dann ging man zu Franz David, der die Idee gehabt hatte, und sagte, dass man eine Art medizinischer Zeugenbetreuung machen dürfe. Man hatte einige Kollegen empfohlen bekommen und bekam – Franz war ja der Primarius des Rudolfinerhauses – auch eine Unmenge Valium. Das war alles, was es damals gab, und das Wasser dazu besorgte man selbst.

Man brauchte es, denn schon vor dem Prozess hatten die schwarzen Medien kräftig Stimmung gemacht, was heißt die Schwarzen, eigentlich alle bis auf die Kummerln, denn die waren ja nach Proporz schwarz-rot besetzt, und die Kummerln hatten nur die *Volksstimme*, die nicht einmal sie selbst lasen. Aber sie hatten immerhin etwas gegen die Ewiggestrigen und organisierten Demonstrationen, gegen die natürlich vor allem die Jungnazis losstürmten. Bei einer, ein paar Jahre später, wurde, gleich beim Hotel Sacher, ein Rentner namens Kirchweger oder so erschlagen, natürlich ein Roter. Ausgerechnet an jener Stelle, wo man jeden Freitag mit Rabbi Grünbaum tratschte, nachdem der die Speisekarte des Hotels gründlich studiert hatte wie eine Thorarolle. Er hatte, wie Herr Wiesenthal, seine Nummer auf dem Unterarm, seine Familie in einem KZ verloren und sich trotzdem wieder nach Wien gewagt. »Erst Jud Süß und jetzt süßer Jud – da stimmt natürlich was nicht«, grummelte er manchmal und lieferte immer die schönsten jüdischen Witze, doch Herrn Wiesenthal schätzte er nicht, denn »ich mag meine Nazis lieber nicht wiedererwacht«.

Nazis in Österreich … Es gab sie nicht, hatte es, wenn man dem Gemunkel traute, vielleicht einmal gegeben, doch sie schienen einer geheimnisvollen, stets biologisch erklärbaren Endlösung anheimgefallen. Der Faschismus schien eine Art Pubertätserkrankung, Mumps oder Röteln vergleichbar, die man gehabt hatte und über die man gerne redete wie über das erste frivole Gucken in der Schule, aber keiner war einer, und wenn einer als solcher angegangen wurde, erforderte es schon der Kameradschaftsgeist, dass man gemeinsam auf ihn losging. Herr Pawlow, der Kummerl gewesen sein soll, hatte Ähnliches publiziert, doch in Österreich war es viel schlimmer und wurde ganz fürchterlich bei der Frage, ob man vor dem Krieg mit Schutzbund oder Heimwehr sympathisiert habe. Das war, um im Bild zu bleiben, eine ähnlich unanständige Sache wie Gerede über Onanie in feiner Gesellschaft. Jüngere Leute meinten später gelegentlich, sie würden ihre Jungen so freizügig erziehen, dass sie sogar von Freistadt im Mühlviertel aus beispielsweise zum Judentum konvertieren könnten und man das dann nur für eine exzentrische Marotte hielte, aber das waren Utopien, und man stellte sich solche Konvertitinnen nur grauenvoll vor, penetrant rechthaberisch, humorlos, bilderbuchösterreichisch eben, zum Kotzen. Man stellte sich gelegentlich vor, wie sie einem in einem Wirtshaus in die Suppe keifen würden, und war dann doch fast froh über seine alten Nazis, weil man die so leicht erkannte und auf sie Verlass war.

Sie wollten ja nichts außer ein paar gedankenlose Jajas, und damit musste man leben, denn sie hatten erfolgreiche Kinder und herzige Enkel, zur genetischen Weitergabe der Dumpfheit, und man musste nur darauf achten, dass sie nicht wieder mörderisch werden könnten. Bei ihren Antisemitismen beriefen sie sich auf den ehemaligen Bürgermeister von Wien, den guten Doktor Lueger, und sie brauchten dazu keine Juden – es genügte ja, halblaut zu sagen, der oder die sei so was, und das gittlerte sich durch die Zeiten, egal, wie sie sich gerade nannten. Derzeit hieß Demokratie, und Herr Murer war einer ihrer gewählten Repräsentanten. Ausgerechnet ihn wollte Herr Wiesenthal vor ein österreichisches und demokratisches Gericht zerren.

Der Justizpalast ist Wiens beeindruckendste Machtinszenierung. 1927 hatten ihn Sozialisten abzufackeln versucht, doch das ging nicht, das Ding war zu groß und gewaltig. Sein Inneres war ein gigantisches Nichts, nämlich ein mattüberglaster Hof, durch den eine größenwahnsinnige Freitreppe über Hochparterre und Mezzanin direkt in die Beletage führte, an die Füße einer riesig aufgeblasenen und marmornen Justitia, von der nichts Gutes zu erwarten war. Die Göttin aus der Zeit zerbröselnder Kaisermacht war so gebaut, dass man ihr zu Füßen kriechen musste, denn von der Galerie gegenüber war sie eine Sitzriesin mit zu kurzen Oberschenkeln, die sich mit verzweifelter Anstrengung in ihre Thronlehne zu stemmen schien, alles der geplanten Untersicht wegen, die ja für die Justiz wirklich notwendig ist. In der Ecke rechts von ihr war die Tür zum Gerichtssaal, natürlich auch sehr imposant.

Das war auch der vorsitzende Richter, handverlesen, denn der Angeklagte war ein hoher Bauernfunktionär und ein Schwarzer und auf so einen sollte kein brauner Schatten fallen. Man merkte Absicht, bevor noch die Anklageschrift verlesen war. Eine Zeugin, die schon zwei Tage, bevor sie geladen war, auf dem Korridor saß, bekam einen Heulkrampf und Valium. Für das Wasser musste man ganz schön weit laufen. Richtig ekelhaft wurde es aber am dritten Tag, gleich nach der ersten Zeugenaussage. Da sagte der Richter: »Ich seh' nicht ein, dass ich einer polnischen Jüdin mehr glauben soll als einem anständigen Österreicher.« Herr Wiesenthal wackelte mit dem Kinn, wurde rotgesprenkelt blass und brachte keinen Laut heraus. Herr Murer hatte nur seine Pflicht getan, und die Zeugin brauchte Valium. Sie kannte Österreich ja nicht, aber man selbst hatte auch Schwierigkeiten, es so zu erkennen. War das die wahre Wahrheit? Das behaupteten fast alle, mit denen man darüber sprach, und alle, die einen deswegen ansprachen, was noch viel schlimmer war, denn beim Figlmüller, dessen alter Herr im kleinen Durchhauslokal bei der Wollzeile mit hundert Tätigkeiten an allen Wänden verewigt war, bekam man Lokalverbot, weil einen ein berühmter Architekt angestänkert hatte. Wenn man kein Jud' sei, solle man sich nicht mit Juden einlassen, begann er, und man begriff, dass man mit solchen Österreichern nie in Frieden würde leben können. Der Herr Architekt wurde über zwei Tische hinweg immer lauter und verlangte vom Kellner, dass er einen hinausschmeiße, und der gehorchte natürlich dem Professor. »Gell'n S', jetzt gengan S' aba. Mir san a gmiadlichs Lokeu.«

Man bekam eine Ordnungsstrafe. Der Richter hatte eine Zeugin befragt: »Und jetzt zeigen S' mir die Stell', wo der Angeklagte Ihrer Schwester angeblich das Bajonetterl in die Brust g'stessn haben soll.« Die Frage wurde übersetzt; die Zeugin versuchte, die Szene zu erinnern, und begann zu weinen. Der Richter: »Jetzt plaaz'n S' net aa no. Wir san net im Theater, gar bei die Löwinger. Des san jo aa Juden.« Die Löwinger waren ein beliebtes Volkstheater, und man sagte zum Richter: »Sie sind ja doch ein richtiges Dreckschweinderl.« Da war er beleidigt.

An einem wientypisch heißen Frühsommervormittag wurde Herr Murer freigesprochen. Im grellen Sonnenlicht vor dem Justizpalast hatten sich etwa zweihundert alte Nazis zu einem Fackelzug eingefunden. Herr Wiesenthal schluckte Valium, und der Richter ging mit, zumindest bis zur Babenbergerstraße. Dort stieg man in die Straßenbahn zum Westbahnhof und kaufte einmal London einfach. Am Abend hatte man das Wichtigste erledigt und gepackt. Ja, es war Flucht.

Man hatte einige Adressen mitbekommen, auch einiges Geld in der Tasche und damit etwas Zeit, wenn auch nicht zu viel, denn London war teuer. Also besorgte man sich einen *private room* bei einer misstrauisch äugenden Witwe mit zu großer Wohnung, den sie schon so lange vermietete, dass in seinem auch nicht echten Kamin noch ein kleiner Münz-Gaskocher aus den frühen Dreißigern installiert war, dessen Puste aber nicht einmal für ein Frühstücksei reichte. Und das Frühstück, das man mitgemietet hatte, erinnerte nicht an Großvaters begeisterte Schilderungen, sondern war scheußlich und nannte sich *continental.* Damit und hungrig auf die Straßen zu gehen war hart, denn man musste weit in den Norden oder Osten fahren, wo Ausländer aus den ehemaligen Kolonien preiswert kochten. Indisch schmeckte gut, und man wartete auf den Zeitpunkt, wo der von Magnifizenz versprochene Empfehlungsbrief sicher eingetroffen sein müsse. Er war ja manchmal etwas langsam.

London hatte einen ganz anderen Rhythmus. In Wien tat man dauernd beschäftigt und tat doch nichts, während hier Zeit im Überfluss schien und unglaublich schnell agiert wurde. Das nervende Rattern der U-Bahnen, die kurzen Ampelphasen über der Erde, das stete Schnellgehen mit gelangweilten Gesichtern war das städtische Leben, und als man nach einer Respektsfrist bei Herrn Esslin, BBC, anrief, hatte der sofort einen Termin.

Sein Büro war das typische Intellektuellengehäuse der Zeit: klein, Schreibtisch beim Fenster, volle Bücherwände, Bücherberge auf allen Möbeln und Bücherpfützen auf dem Boden. Nur der Herr des Chaos konnte dazwischen balancieren, und Besucher mussten sich erst einmal entschuldigen, weil sie auf einen hoffnungsvollen Autor getreten waren. Man selbst lag, Herr Esslin wies darauf hin, in einer Bücherpfütze bei seinen Füßen. Er sprach gut und sehr viel Deutsch, denn er war ein ungarischer Jude mit anderem Namen, der's geschafft hatte und nun das absurde Theater entdeckte, in dem er die Zukunft sah. »Die Leute wollen bald nur noch das Absurde sehen, da ihnen der Wahnsinn von der Politik als rational verklärt wird. Das Absurde ist logisch, aber nicht rational.« Das würde die Theater füllen, und das Kino sei im Nachteil, weil es stets Wirklichkeit prätendiere.

Herr Esslin war ein Schatz, denn er gab einem noch ein Bündelchen deutschsprachige Hörspiele mit, die man begutachten solle, zwanzig Pfund pro Dichtung, also 120,–. Die hatte man schnell verdient, und dann verhalf einem Herr Esslin auch noch zu einer Bleibe. In den ohnedies winzigen Draytons Park war an einer Straße ein viktorianisches Bürgerhaus hineingebaut. The White House war einmal weiß gewesen, das konnte man gerade noch sehen, und es sollte demnächst abgerissen werden, um den Park, der ziemlich madig aussah, zu vergrößern. Bis dahin, Kündigungsfrist ein Monat, konnte man die Wohnung im ersten Stock mieten, und sie war sogar sehr billig. Einmal musste sie sogar schön gewesen sein. Zuletzt hatte ein Modeschöpfer darin gewohnt, und die Erben hatten sie nicht ganz zerlegt. Man bekam sie nur, damit dort keine Rowdies Feuer legten, und zuletzt hatte dort eine Hilfe Herrn Esslins gehaust. Die sagte, es würde drin spuken, doch man war nicht ängstlich.

Schlimm sah allerdings der Eingangsraum gleich nach dem stuckschweren Treppenhaus aus. Hier war anscheinend alles eingebaut und herausgerissen worden, so dass man nur noch rußschwarze Wände sah, Dübellöcher und aus der voluminösen Stuckrosette einen so genannten »russischen Kronleuchter«, also eine nackte Glühbirne. Der anschließende Salon hatte Seidentapeten, die einmal lila waren und mit unendlich vielen Kleinigkeiten dekoriert, deren Fehlen nun die Tapetenfarbe zeigte, während die lichtzugänglichen Partien zu einem edlen Grau verblasst waren. Der Modemann musste von einem Damengeschmack geritten worden sein, dessen Trittspuren sich nun fast fotografisch zeigten. Nebenan war die Bibliothek, deren überhohe und -tiefe Regale stehen geblieben waren, samt einer Reihe gebundener Jahrgänge von Modezeitschriften aus den Dreißigern. Dahinter kamen zwei Schlafräume mit einem großen Ankleidezimmer, ein vorsintflutliches Bad, ein Klo, eine Riesenküche und zwei Dienerkammern mit einer kleinen Personaltreppe, die mit einem Scherengitter geschlossen werden konnte. Und alles roch sehr staubig, denn die Fenster waren erstaunlich dicht. Das also war die Zukunft, und die Adresse war fein.

Nicht so fein war die Post, die man bald bekam: Die Verhandlung über Großvaters Erbe stand an, und man musste wieder nach Österreich. Man hatte sich einen Anwalt genommen, von dem man wusste, dass er Großvater gekannt hatte, aber dennoch hatte man ein etwas mulmiges Gefühl, als man vom Bahnhof am Hotel vorbei, dann links die

Hauptstraße und die nächste Kreuzung wieder links hoch zu dem hoheitsvollen Kasten ging, mit dem Franz Joseph alle seine Provinzstädte bei ihrer Erweiterung bestücken ließ. Schon die plötzliche Kühle beim Eintritt erschreckte, und drinnen wurden Schicksale zu Akten klein gemahlen. Man hatte sich vorgenommen, die Angelegenheit zu beobachten wie Ulrich den Fall Moosbrugger (in Musils »Mann ohne Eigenschaften«), da man bei Gericht ohnedies nichts sagen durfte. Der Anwalt von Mutter und Onkel trug vor, dass Großvater bei der Abfassung des Testaments nicht mehr geschäftsfähig gewesen sei, da er schon sehr alt und … nun ja: gaga gewesen sei und nichts mehr gewusst habe als den Hass auf seine Tochter. Damals aber sei jeder in der Partei gewesen, und es sei falsch, aus der Jugend des Jungen eine Art Unschuld abzuleiten, denn – und da gab er dem Richter ein Mäppchen – aus den Beobachtungen der Agentur Detektas ergebe sich, dass der Beklagte zumindest im dauernden Umfeld der Kommunisten, wenn nicht gar Parteimitglied sei, und einen solchen Erben hätte sich der Großvater wohl verbeten. Der Richter entschied, das Testament sei aufgrund des Vorgetragenen ungültig und die Mutter aufgrund der politischen Ansichten des Enkels Alleinerbin. Der Anwalt sagte, man solle dagegen in Berufung gehen; man ging und fuhr ziemlich grantig wieder nach London.

Nicht einmal vor Detektiven war der Onkel zurückgeschreckt, und sogar Frau Hawelka war befragt worden, obwohl sie nichts sagen konnte, als mit wem man oft gesehen wurde, und da war ein Kummerl dabei. Na und? Nicht in Österreich, und man freute sich wieder auf London, wo es dieses Denken auch gab, aber nur in fernen, unzugänglichen Klassen, über die man ohnedies alles denken durfte. Der Vater hatte so etwas »Wut im Bauch« genannt. Herr Esslin sagte, das sei eben österreichisches Schicksal, und gab einem wieder Arbeit.

Man lernte durch ihn auch sehr interessante Leute kennen, zum Beispiel Herrn Peter Hall. Der sah aus wie die Karikatur eines Gentleman vom Golfplatz, war aber gerade Intendant der Royal Shakespeare Company geworden und hatte vor, das ganze britische Theater umzukrempeln. Er selbst, wusste er, konnte dies nicht schaffen, da sein Talent als Regisseur eher einschläfernd war, aber man war für ihn interessant, da man Herrn Kortner schätzte. Er sah die Zukunft des Theaters nicht im Absurden, sondern in der persönlichen Handschrift des Regisseurs als Interpreten der gesellschaftlichen Tendenzen in den Stücken undsoweiter. Das klang alles sehr verquast, doch Herr Hall war ein offener Mensch von sehr liebenswerter Art, der oft von ihm eigentlich fremden Ideen gepackt wurde, die ihn dann schüttelten wie ein Hund den Hasen. Als Ersten Spielleiter hatte er sich Herrn Peter Brook ausgesucht, einen rundlichen Mann, der nach den Urzeichen der Menschheit suchte und manchmal halbe Tage in seinen Mystikkosmoi flatterte. Vom leeren Raum, in den der Schöpfergott die Welt schleuderte, zur weisen Bärin östlich des Ural, zur kinderfressenden Urmutter des Mahabarat und zu Kronos, der dasselbe tat, bis ihn Zeus entmannte. Wenn er davon redete, klang alles ein wenig skurril, doch er konnte es in Bilder umsetzen, und das war dann aufregend schön. Er träumte immer davon, ein fahrender Zirkusdirektor zu werden, und kannte alle Plätze in London, wo die Restvölker des Empire aufeinander trafen. Dort saß er dann bei Bier, das ihm sein Arzt verboten hatte, und sah zu. Viele Gesten und Verhaltensweisen, die er dort beobachtet hatte, sah man bei ihm auf der Bühne wieder. Er war ein Genie optischer Opulenz mit geringsten Mitteln. Aber London war so aufregend, dass dies alles dazugehörte. Außer Kathmandu hatte man noch nie eine Stadt erlebt, in der so viel los war.

Natürlich gab es das offizielle London, das man in den Reiseführern fand, voll neureichem Protz und Hyde Park, in dem vermutlich von der Regierung bezahlte Langeweiler das Flair herbeiquatschten oder den reichlich verwilderten Highgate-Friedhof, in dem nur das Areal um ein Wallfahrtsgrab herum gepflegt war. Im Hyde Park konnte man jeden Mittwoch einen Reiter aus einer anderen Welt bestaunen, der wie ein Dandy des neunzehnten Jahrhunderts samt Windhund dahertrabte. Von Herrn Esslin erfuhr man, dass dies Herr Lucian Freud war, ein Maler, dessen Inszenierung aus den Tantiemen seines Wiener Opas finanziert wurde. Manche Bürohengste trugen immer noch ihre steifen Hüte und Schirm, doch die Stadt war ungemein jünger, und die Älteren hassten das. Alle Zeitungen waren voll von ihren Klagen und gaben dem Volkszorn noch Zunder, aber das störte nicht, obwohl bei dieser Jugend der Weltuntergang unmittelbar bevorstand. Es waren Blätter, die in das Gewusel der Jugend Stromlinien brachten, und die gehorchten freiwillig, weil etwas Ordnung in die Langeweile kam, allerdings eine Schlachtordnung. Die eine Armee nannte sich Mods. In der Woche lernten sie meist auf Bank- oder Bürokaufleute, und am Wochenende häuteten sie sich in schrägbunte Klamotten aus der Carnaby Street, schwangen sich möglichst samt Freundin auf ihre aufgemotzten Motorroller und knatterten südwärts. Die Rocker kamen mehr aus dem industriellen Jungproletariat, trugen Leder und brausten samt demütigen Freundinnen auf Motorrädern gen Süden.

Die Schlachtorte standen meist schon am Donnerstag fest und wurden per Buschtrommel verbreitet, und so traf man sich dann beispielsweise in Brighton, wo es genügend Kioske gab und man sich besaufen konnte, ehe es zur Schlacht kam. Meist begann es mit einer achtlos weggeworfenen Bierflasche, die einen der Kontrahenten getroffen haben sollte, doch nie, ehe die Nahverkehrszüge genügend Hilfstruppen ausgespuckt hatten. Die Sanitäter hatten sich schon frühzeitig aufgebaut, und es war eine Ehrensache, das Gemetzel möglichst weitab von ihnen zu beginnen. Die Polizei hatte sich natürlich auch martialisch gerüstet, allerdings in abgesperrten Seitenstraßen, die schlecht einsehbar waren, und sie zeigte sich immer erst ziemlich spät, denn sie wusste, dass sich die Streithähne bei ihrem Eintreffen blitzschnell gegen den neuen Feind vereinten. Für Schlagzeilen an den Montagen war gesorgt, und den Rest der Woche barmten die Medien den neuen Kämpfen entgegen und machten richtig Zunder.

Fernab des Getümmels hatten sich neue Staatsfeinde mit sympathischen Zigaretten gefunden, und auch hier gab es genügend Grund zu jammern. Schuld waren, wie an so vielen Katastrophen, die Amis, diesmal ein gewisser Anslinger, der es schon geschafft hatte, dass die Sache im Geburtsjahr in den USA verboten wurde, und der nun die Uno unter Beschuss nahm. Das Zeug war ja ungeheuer gefährlich und sollte samt denen, die es nutzten, ausgerottet werden. Bei der BBC gab es einen Erlass, demzufolge kein Musikstück von einem, der damit erwischt wurde, mehr gesendet werden sollte. Herr Esslin meinte, der Sender solle damit zum Verstummen gebracht werden, und er hätte Recht gehabt, hätte sich ein Redakteur daran gehalten. Es hätte keinen Ray Charles und keinen Stevie Wonder mehr gegeben, aber auch von den jüngeren Musikern hätte man nichts gehört. Die Londoner Bobbies nämlich hatten eine Art Jagdspiel entwickelt, das sich an den ebenfalls frischen Hitparaden orientierte, und die prominenteste Beute brachte einen Kasten Bier sowie eine Pressemeldung, bei der die Cops nach Jägerart posierten. Das erweckte keinen großen Abscheu und verkaufte die Platten der Märtyrer des Hanfes besser.

Vermutlich war der Grund des ganzen Gebrodels eine pharmazeutische Erfindung, über die viel geschrieben wurde und die von den Mädchen unübersehbar in den Handtäschchen getragen wurde. Man nannte sie nur »die Pille«, und sie machte die Jungs aller Verhütungssorgen ledig. Die zweite wichtige Erfindung war der Fotokopierer der Firma Xerox, der von Bildern zwar nur Andeutungen hinterließ, aber viel leidiges Abschreiben und Durchschlagpapier sparte. Billig schien das nicht zu sein, da man für die Benutzung immer den Chef fragen musste, aber im Kopierraum entwickelte sich bald so geselliges Leben, dass sich dort auch die Kaffeemaschine ansiedelte. Das waren wohl die wichtigsten Erfindungen jener Zeit: die Pille zur Verhinderung und der Fotokopierer zur Beförderung der Reproduktion. Die dritte war der Reißverschluß an der Hose.

Ronald D. Laing war der Superstar klinischer Psychologie, wie die Psychiatrie in England hieß, ein eleganter Gentleman in grauem Flanell, der ebenso elegant war, wenn er seinen Mund aufmachte, wie gekleidet. Spötter behaupteten, das sei alles nötig, damit man ihn von seinen Patienten unterscheiden könne, und er versuchte ja wirklich immer, das in Unordnung geratene Seelenleben zu verstehen und den allerersten Knacks zu finden. Dabei wurde er oft poetisch, und er wäre ja auch am liebsten Dichter geworden. Manchmal, eigentlich sehr oft, entwickelte er auch Theorien, die sehr einleuchtend klangen, zum Beispiel, dass es bei Psychosen zwei Ursachen gebe, eine innere, endogene, und eine äußere, die exogene. Letztere seien vom Ausgangspunkt her heilbar, sogar relativ leicht. Bei den endogenen sei das aufgrund des Hormonkuddelmuddels etwas schwieriger und bräuchte eine Art chemischen Wunders. In den USA glaubten einige Kollegen, das Wundermittel schon gefunden zu haben, eine Schweizer Erfindung namens LSD. Herr Laing glaubte nicht sehr daran, naschte aber gern davon, da die Firma Sandoz gerade Psychiater mit diesem Mittel großzügig bedachte. Es war wirklich sehr beeindruckend, sehr viel stärker als das stärkste Haschisch, doch wenn man es unbedingt wollte oder brauchte, war der Kopf augenblicklich wieder klar. Also nur, soweit unbedingt nötig, aber das langte, und wenn man wollte, konnte man sich bunte oder bewegte Halluzinationen machen. Das nannte man dann psychedelisch. Einige Graphiker fingen sofort an, in dieser Manier zu zeichnen, und für die Musiker war das Zeug ein gefundenes Fressen.

Dass sie durch LSD besser hören oder gar musizieren könnten, war allerdings eine Halluzination, aber Musik schien das wichtigste Geschäft in London und Musiker die wirklichen Helden. Sie mussten nur so dünn und zerbrechlich aussehen, dass sie an den durch Puppen trainierten Mutterinstinkt der Mädchen appellierten, die dann in

Kreischorgien ausbrachen, deren Emphase nicht gerade mütterlich war: Sie kreischten nach Erlösung. Die Pille im Täschchen, warteten sie erschöpft und derangiert nach den Konzerten am Bühneneingang, um ihre Trophäen abzuschleppen, neidvoll bewundert natürlich von denen, die zu kurz gekommen waren. Auch für die Musiker war der Kairos die Musterung paarungsbereiter Teenies nachher. Der Leadsänger oder -gitarrist waren erste Wahl, und die Drummer litten darunter, als Letzte zu gelten. Aber es war meist genug da, und auch für die Roadies fiel was ab. Der größte Triumph der so gekürten Männlichkeit aber war, wenn zwei Frauen, pardon: Hühner, über die Beute in haareraufenden Streit gerieten. Die Bobbies warteten dann immer vorsichtig, dass der erste Kampfesgeist verraucht war, und manche Musiker wetteten auch, um wen es zur Schlacht kommen würde. Aber in London wettete man um alles, bei Hunderennen darum, welcher zuerst pinkeln würde.

Die größte Trophäe war der linkshändige John, der so schutzbedürftig aussah und schon bei seinem Karrierestart in Hamburg nichts hatte anbrennen lassen. Er konnte wunderbar auf schüchtern tun und war der König aller Parties, stets eifersüchtig begleitet von Paul, der dasselbe versuchte, aber nur pampig hinbekam. Der Strahleboy der Gruppe war George, der am besten aussah, das wusste und das Beste daraus machte. Der Schlagzeuger war lieb und ein wenig doof, vermutlich wegen des Krachs, den er machte. So ging es auch dem Drummer der schärfsten Konkurrenz, von der man behauptete, sie sei proletarischer, obwohl sie eine typische Art-School-Band war, allerdings so schlecht, dass sie schon wieder irrsinnig gut war und Fans von überall in die Vorortlokale kamen, in denen sie spielten. Sie schickten auch immer Demo-Tapes zur BBC, die manchmal ein Sturzbach unfreiwilligen Humors waren. Ihren Sänger sah man einmal auf der Victoria Station, wo man am Kiosk manchmal Wiener Zeitungen holte, rasant flüchten, weil niemand wissen sollte, dass er seine Karriere am Strich finanzierte. Dasselbe tat auch sein Bandkonkurrent Brian, aber der fühlte sich ohnedies zu Männern hingezogen, und weil er damit nicht klar kam, nahm er alles, was knallte, und war noch seltener klar als Keith, mit dem man kaum reden konnte, so breit war er und das dauernd.

Zwei solche Gruppen seien genug, selbst für London, fanden viele. Aber sie meinten das Publikum. Die Mädchen kreischten, dass man die Band nicht mehr hören konnte, und die neueste Mode war, Unterhöschen auf die Bühne zu werfen, die man aus den Wäschepuffs geholt hatte und von den Freunden mit Bierdosen und anderen Beschwernissen zu Wurfgeschoßen basteln ließ, die den Erwählten sicher trafen. Das brachte Arbeitsplätze für junge Männer, die dem Bombardement der Liebe Einhalt gebieten sollten, und sorgte für Flauten in den Wettbüros, wo man schon darauf gesetzt hatte, wer als erster abgeschossen würde. Swinging London wurde ein Begriff, zumal Mary Quant immer kürzere Miniröcke entwarf, die man nur tragen konnte, weil auch die Strumpfhosen auf den Markt kamen. Und Herr Esslin war ein Engel, denn er empfahl einem Radioleute in Deutschland, die daran interessiert waren, dass man darüber berichtete. Das ging ganz einfach: Man spielte ein paar neue Platten und erzählte dazwischen, was sonst noch los war. Die Redakteure mochten das und mehr noch die Hörer – man hatte das Glück eines regelmäßigen und – da die Honorare von Anstalten Öffentlichen Rechts großzügig waren –

sogar für Londoner Verhältnisse halbwegs soliden Einkommens.

Vor allem aber hatte man sehr einfach Zugang zu allen, die in der Szene mitmischten, denn Deutschland war ein sehr wichtiger Markt für alle, die dort erwähnt wurden, und die Wohnung war bald voller Platten, die man eigentlich nicht öfter hören wollte. Es gab auch andere Ärgernisse. So fragte einen einmal der linkshändige John, ob man »für kurze Zeit«, da seine Wohnung nicht sicher sei, »ein wenig Dope« einlagern könne. Man sagte natürlich ja, und am nächsten Tag kam ein zweifelhaftes Auto samt zwei ebensolchen Männern mit vierzig Einkilo-Paketen. Sie fanden hinter den Büchern in den Riesenregalen Platz, doch nun wurde einem selbst blümerant, denn nach Konzerten oder Premieren hatte man oft volles Haus. John aber war wie jeder, der aus kleinen Verhältnissen kam, damit beschäftigt, große Vorräte für künftige magere Zeiten zu horten, und schien die Sache vergessen zu haben. Man sprach ihn zweimal an, bekam Jajas, und das war's. Erst nach einem Dreivierteljahr ließ er die Post abholen. Der Lagerlohn waren knapp hundert Gramm von vierzig Kilo Afghan, und das fand man etwas schofel, denn es war eine Zitterpartie gewesen.

Die Polizei verkündete einen »Final War Against Drugs« und schlug wirklich zu, wo sie konnte oder nur vermutete. Deshalb blieb ein wenig rätselhaft, welcher Teufel John und George geritten hatte, als sie einen Vorrat von einer geschlagenen Million Trips anschaffen wollten. Es sei »ein einmaliges Sonderangebot« gewesen, hatte George gemeint, und er hatte ja schon in dürren Jahren von Sonderangeboten gelebt. Außerdem hatte er einen Kindergartenfreund namens Fred, der die Sache regeln sollte, und gegen Fred konnte man wirklich nichts haben. Fred war ein stolzer britischer Prolet, aufgrund englischen Biers schon reichlich pummelig und ansonsten die Ruhe selbst. Mit ihm konnte eigentlich nichts schiefgehen, zumal er schon in Liverpool viele dubiose Geschäfte zur Zufriedenheit seiner berühmt gewordenen Kumpel erledigt hatte. Fred schnappte sich also ein kleines Pappköfferchen seiner Oma und zog mit zweihunderttausend Pfund los.

Fred war wirklich zuverlässig, da von unbegrenzter Naivität. Er wusste nur sehr theoretisch, was er für das viele Geld in das Köfferchen bekam, und nach seinem ersten Joint hatte er so ausgiebig gekotzt, dass er von derlei Sachen prinzipiell die Finger ließ. Ein wenig neugierig war er jedoch, und irgendwo unterwegs versuchte er eine der kleinen Pillen, die zu angeblich je tausend in Plastiksäckchen verpackt waren. Sie waren sehr klein und lila, eine winzige Unschuld. Da er nachspülen wollte, ging Fred in das nächste Pub und bestellte ein Stout und einen doppelten Whisky als Vorschuss auf seine Leistung. Als alles konsumiert war und Fred zahlen wollte, wurde ihm seltsam. Er dachte, dies mit einem weiteren Stout zu beheben, doch ihm wurde noch viel seltsamer. Nach wirren Kommunikationsversuchen mit dem Pubwirt wurde der Notarzt gerufen. Zwei Bullen kamen auch, und als Fred auf der Trage lag, trug ihm der Wirt das Pappköfferchen nach.

George steckte der Schreck fürchterlich in den Knochen. Eine gemeinsame Bekannte hatte Fred zwar im Spital besucht, doch es war nicht herauszufinden, ob der sein Maul gehalten hatte, und so harrte George einige Wochen auf staatlichen Besuch. Aber Fred war selbst in diesem Pech ein absolut zuverlässiger Kumpel geblieben. Da George für einen hervorragenden Anwalt sorgte, kam er sogar glimpflich aus dem Schlamassel. Wie hätte Fred denn auch wissen sollen, was in dem Köfferchen war, das er zufällig an diesem Nachmittag bei einer Bushaltestelle gefunden hatte? Was ein Trip sei oder gar LSD, befand auch das Gericht, könne er bei seinem Intelligenzquotienten auch nicht verstehen, und so ging die Sache trotz der vielen verbrannten Kohle und der Anwaltskosten gut aus.

»Man soll sich eben nie mit Rauschmitteln in großer Menge einlassen«, kommentierte George die moralische Lehre der Geschichte. »Und den finanziellen Schaden werden wir mit unserem nächsten Album schon wieder quitt machen.« Das hieß übrigens »Sergeant Pepper's Lonely Heart Club Band«.

Durch die Rundfunkgeschichten hatte man natürlich viel in Europa zu tun, und das nutzte man weidlich aus, denn Gudrun hatte keine Lust auf London. Am Anfang war sie einmal gekommen, hatte sich auf das frisch erworbene Flohmarktsofa gesetzt und gefragt, was sie denn hier wollen solle. Sie sei deutschsprachige Schauspielerin und habe von den Emigranten gelernt, dass die Chancen in der Fremde minimal seien. Nach diesem Statement reiste sie ab, und es war ein sehr teures, da sie extra dafür angereist war. Man fühlte sich beleidigt und versöhnte sich erst, als die Rechtsstreiterei wegen Großvater in die nächste Runde ging. Mutter war natürlich nicht nach St. Pölten gefahren, und so langweilte man sich mit dem Onkel und den Anwälten, bis das alte Urteil bestätigt wurde, da »ja jeder« in der Zeit Nazi gewesen sei, Kommunisten aber immer Staatsfeinde. Der Anwalt riet, es noch einmal zu versuchen, und das wollte man schon aus Trotz.

In München machte Teddy Schmidt monatlich für den Bayerischen Rundfunk ein Herrenmagazin, und man bekam regelmäßig Aufträge, da London so eine besondere Stadt sei, in der das neue Leben erfunden würde. Manchmal dachte man an das Wien der Makartzeit, als ein geschickter Dekorateur das Leben in den satinierten Glanz seiner Neorenaissance tauchte wie Nikolas die schwarzen Buben in die Tinte. Alle drängten sich danach, eingetunkt zu werden oder mindestens mit einem Makartbouquet gesegnet zu sein, und plötzlich starb Herr Makart, und der Traum war aus. Sein Atelier, in das sich das dabeiseinwollende Europa gedrängt hatte, in dem die holde Kunst mit opulenter Dekoration gefeiert worden war, brachte bei seiner dem Tod des Meisters rapide folgenden Versteigerung nicht einmal die Hälfte des Materialwerts, und Makart wurde für fast ein Jahrhundert das Synonym für aufgeblasenen schlechten Geschmack. Würde es dem Pop, wie derzeit alles hieß, ebenso ergehen? Seltsam war, dass Ernst Fuchs und Friedensreich Hundertwasser von Makart als Ideal schwärmten, aber das war in Wien und damit fast Lichtjahre entfernt. Doch eine unübersehbare Frühsterblichkeit zeichnete auch den Londoner Pop in statu nascendi. Zu viele Wellen prasselten hernieder, denn für die Medien war jeder Furz eine Welle und wollte gefeiert werden. Es brachte Geld und nervte. Aber man durfte Spesen machen und reisen, und man wollte ja die Welt sehen.

Die Verrückten aller Welt trafen sich damals allsommerlich in San Francisco, wo sie dann, möglichst nahe der Stadtmitte, auf Gehwegen oder in den Parks saßen, Bongos spielten und die Gegend vermüllten, bunt gekleidet und mit Blümchen geschmückt. Man nannte sie Hippies, hielt sie für sanftmütig doof, und sie waren mit dem Zustand der Welt nicht zufrieden. Herr Huxley hätte sie verstanden, doch der war weg. Eine Zeitlang war »Brave New World« ein Lieblingsbuch gewesen, und eines Märzmorgens 1963 wurde man am Frühstückstisch von Magnifizenz im Café Museum mit dem Ehepaar Huxley bekannt gemacht. Aldous Huxley hatte seine Diagnose bekommen und wollte sich noch einmal die Welt ansehen, und man sollte ihm Wien zeigen. Er wollte in die Berggasse, doch Herrn Freuds Haus war noch arisiert. Er setzte sich gegenüber in den Hauseingang. Frau Laura war wegen seines Kamelhaarmantels so besorgt, dass man eine Zeitung holen wollte, doch er saß da, drehte sich eine sympathische Zigarette und sagte, es sei alles sehr informativ. Im Café Landtmann erzählte er dann, wie er den Zweiten Weltkrieg überstanden hatte: Er sollte für die Alliierten eine »psychedelische Bombe« entwickeln, also eine Art A-Bombe mit halluzinativer Wirkung. Dumm, wie man war, fragte man, ob Herr Huxley geglaubt habe, benebelte Nazis seien weniger Nazis, und er sagte ruhig: »Aber Sie müssen zugeben, dass wir eine sehr angenehme Zeit hatten.« Man sah ihn nie wieder, und dass er gestorben sei, hörte man auch nicht, da am selben Tag John F. Kennedy abgeknallt wurde. Und Kennedy war wieder an den Hippies schuld, weil er einen Krieg in Vietnam geführt hatte, und dagegen waren sie. Das Weiße Haus behauptete sogar, es gebe ihn gar nicht, und schmiss alle ausländischen Journalisten außer Landes, die danach fragten, und die inländischen verloren ihre Jobs. Amerika war demicrazy.

Das Jahr 1963 war ohnedies eines der Katastrophen gewesen, und einen Tag vor Heiligabend rief auch noch Herta an: Man solle dringend kommen, da das Haus des Großvaters brenne. Man packte schnell eine Tasche und war am Heiligen Abend dort. Schon vom Bahnhof aus sah man eine kleine Rauchwolke – es schien also immer noch zu brennen –, und als man hinkam, sah man zunächst die Betriebs- und die Dorffeuerwehr werkeln. Es sei alles fürchterlich, sagte der Brandmeister des Betriebs. Angefangen hatte alles damit, dass aufgrund einer Auflage des Bundesdenkmalamtes das Dach des Barocktrakts repariert werden sollte. Zunächst hatte man die am schlimmsten verfaulten Balken erneuert und dann alles notdürftig mit Dachpappe eingedeckt, da ja schon Herbst war. Weil das Wetter klar und kalt war, hatte man die Dachrinnen repariert, und das muss es gewesen sein. Die Barockmauern waren nämlich gar nicht so solide, wie sie ausgesehen hatten, sondern nur dünne Mauern mit einer Mischung aus Lehm und Stroh dazwischen, die schon gründlich verrottet war. Sie hatte bei den Lötarbeiten zu glühen begonnen, ein paar Tage weiter geglost, und am 22. war Luft dazu gekommen, und es begann überall zu brennen, natürlich zuerst die Dachpappe. Das Löschen war schwierig, da die Leitungen gefroren waren, und das Schlimmste waren die alten Dienstboten, die noch im Haus gewohnt hatten. Als sie das Feuer bemerkten, hatten sie die Tür der Halle aufgerissen, um auszuräumen, und das hatte erst richtig Luft gegeben. Vom Barocktrakt war nur die große Uhr geblieben, die dabei allerdings zerbrochen war, zwei Leuchter aus der Kapelle und eine wächserne Hausmadonna, die allerdings vom Haus der Mutter war. Beim Biedermeiertrakt konnte man auch den Himmel sehen. Beim Musikzimmer war einst eine Eisentraverse eingezogen worden, und an ihr hing der verkohlte Rest des Klaviers, auf dem einst Herr Brahms gespielt hatte. Die voluminösen Beine waren zu Stummeln verbrannt, ein paar Saiten kräuselten sich in die Luft, und auf dem Boden lag, was das Löschwasser von der Bibliothek übrig gelassen hatte. Nur das Appartement der Großeltern war verschont geblieben, denn es hatte Feuerschutz, und das Dach war aus Salinenholz, das nicht brennt. In der Dämmerung sah man noch angesengte Bretter des Pharaonengrabs, des barocken Schranks im Biedermeiertrakt, in dem die gesamten Familienpapiere gelegen hatten, aber die waren zu einer Art Papiermaché geworden, durchflockt von verkohlten Pergamentrestchen, und dann sah man in der Ferne Mutter und Onkel kommen und ging zu Herta, die einen zum Abendessen eingeladen hatte. Davor war man noch kurz beim Grab der Großeltern, auf dem schon einige Kerzen brannten, und man erinnerte sich daran, dass auf die Minute vor dreizehn Jahren Großmutter gestorben war.

Herta dachte immer praktisch und meinte, man solle sich aus dem Haus nehmen, was man noch könne. So ging man am nächsten Morgen durch die Küche, in der ein altes Dienstmädchen ganz verdattert saß, zum Arbeitszimmer Großvaters, das ganz verstaubt nach Brand stank, und nahm ein paar Kleinigkeiten: einen Weinkrug aus Glas, mit dem man als Kind die Gäste versorgt hatte, zwei Federhalter mit den gedrechselten Profilen von Franz Joseph und Bismarck, eben was so herumlag und in die Tasche passte, und dann ging man zum Bahnhof. Um Neujahr herum rief Herta an, dass der Onkel Anzeige wegen Diebstahls erstattet hatte.

Dazwischen waren zwei Tage Wien, aber auch das hatte

sich sehr verändert. Magnifizenz kamen nur noch gelegentlich ins Café, und Hanf war verboten worden. Die Szene traf sich im Café Sport, in dem viele wegen der Jukebox herumhingen. Das Programm war sehr international, doch der Stoff leider teuer. Nebenan, zur Sonnenfelsgasse hin, war die Steffi, ein ebenfalls winziges Beisel mit einem Extrazimmerchen, in dem vor dem Fenster ein gewaltiges Orchestrion stand. Dort saßen am Tag der Unschuldigen Kinder der Dichter H. C. Artmann und der Maler Raimund Gregor Ferra zum Abendessen, am anderen Tischchen – mehr passte nun wirklich nicht hinein – Gudrun und man. Plötzlich begannen Dichter und Maler zu streiten und wurden so laut, dass ihre begleitende Dame ins Gastzimmer flüchtete. Und HC packte Ferra und schmiss ihn über den Tisch ins Orchestrion. Der Tisch samt Geschirr fiel um, Ferra fiel unter gewaltigem Geschepper mit dem Rücken durch das bunte Glas und sank nieder, gefolgt von musikalischen Splittern. Dann begann das Gerät von sich aus zu spielen und spuckte dabei noch mehr Innereien aus, bis es ächzend verhustete. Steffi schrie fürchterlich und schmiss alle Gäste hinaus, Ferra staubte sich ab und sagte: »HC ist ein Planet, der seine eigenen Kreise zieht.«, und man hatte wieder einmal ein Lokal weniger. Dann ging man noch ins Hawelka. Auch Frau Hawelka schimpfte mit einem: »Was rauchen Sie denn schon wieder Grausliches? Das ist ja verboten! Das dürfen Sie bei mir aber immer nur ausnahmsweis' rauchen.«

Wien wurde allmählich anders und blieb sich selbst doch gleich. London erfand sich stets neu, und in San Francisco glaubte man, das Neue für die Welt zu erfinden.

Sie nannten sich Jefferson Airplane und wohnten in einem bizarr vergammelten Haus auf halber Höhe eines der vielen Hügel der Stadt. Die Lebensform war neu und nannte sich Kommune, und da die Leute Musiker waren, wurde natürlich viel gestritten. Man wollte eine Woche bleiben, um eine Radiosendung zu machen, und blieb drei, weil so viel los war. In der Stadt gammelten die Hippies, in Berkeley auf der anderen Seite probten die Studenten den Kampf um die Neue Welt, und da hatten sich gerade die Yippies gegründet, aber die hatten nichts mit den sanften Blumengestalten zu tun, sondern nannten sich Youth International Party und waren weiße Söhne aus besseren Häusern. Sie richteten sich besonders wild her und spielten Saalschutz bei den Free Concerts, die von den Gruppen immer wieder gegeben wurden, um populär zu werden. Sie und die Musiker nahmen alles Mögliche, um in Stimmung zu kommen, und der Verstand war dann völlig weggepustet. Grace Slick hatte eine großartige Bluesstimme, doch sie wollte immer mehr und war mit sich so unzufrieden, dass sie nach jedem Auftritt Heulkrämpfe bekam, und dann konnte man sie tagelang nicht ansprechen. Sie knallte sich nur voll, und nicht einmal ihr Mann, Paul Kantner, konnte sie besänftigen. Im Auge des hysterischen Taifuns saßen dann in der chaotischen Küche Lead Gitarrist und Bassist und rollten permanent »Reefers«, wie die sympathischen Zigaretten dort hießen. Der Stoff hieß Gras, und obwohl das Zeug in Gods own country sehr verboten war, wuchs es im Überfluss, und die Jefferson-Leute lebten davon, die Gewächse vieler Kleinbauern zu verhökern, und sie hatten schon öfter Staatsbesuch gehabt. Noch wilder lebte die Truppe um Greatful Dead, die Beziehungen zu einem LSD-Produzenten hatten. Ihr Heim war eine wüste Siedlung aus Bau- und Wohnwagen, und sie waren meist sechzig Leute. Man hatte also viel zu berichten, für London und für Deutschland.

Man fühlte sich unverwundbar.

Manchmal fragte man sich, ob man nicht zu viel von alledem nähme, wodurch man sich das Leben lebendiger machte. Ja, lebendiger, intensiver, denn das war Sinn und Zweck. Man überprüfte sich immer sorgfältig auf Veränderungen, die über die augenblicklichen hinauswiesen. Man hasste Veränderungen in sich. Natürlich veränderte man sich dauernd, mit allem, was man erlebte, doch das wollte man immer fast streng getrennt von den Mitteln des Genusses halten. Das hatte wohl schon der Großvater getan. Als man einst sein Nachtkästchen aufgeräumt hatte, war darin ein Fund. Man hatte sich immer gewundert, wie er noch im Alter Gäste überstand. Manchmal war er in seine Privaträume verschwunden und dann frisch gekämmt, nach seinem Kölnischwasser duftend und überhaupt frisch zurückgekommen. Nun waren da zwölf Fläschchen, eines halbvoll, eines voll, dem Etikett nach Cocain Hydrochlorid der Firma Merck, abgepackt 1911. »Der Adel soll sich nicht exponieren«, hatte der alte Herr oft gesagt, und das Zeug war gekauft worden, als es rezeptpflichtig wurde, und es war sogar noch was übrig. Man wusste, es war das stärkste Medikament gegen Ermüdungen, und man durfte es nur selten verwenden, weil man ja trotzdem müde wurde, und das Maß war wie schon bei Paracelsus das Wichtigste. Er hatte genug übrig gelassen, und man hatte noch lange davon. Trinken – ja; betrunken sein – nein! Das war natürlich eine Balance, die nicht immer gut ging, doch als Vorsatz brauchbar.

Man hatte außerdem ununterbrochen anderes zu tun,

und manchmal ging das so schnell, dass man keine Zeit fand, darüber nachzudenken. Man musste sich schnell entschließen und schnell liefern, und da konnte man sich nur auf den Bauch verlassen, nicht auf den Kopf, obwohl das damals durchdiskutiert wurde und man gern dem Kopf die Priorität gegeben hätte. Man stellte raffinierte ästhetische Kalküle an, an die sich zu halten die Praxis keinen Raum bot. »Innovativ« war ein Modewort, das man fürchtete und dem man opfern musste. Alles war »innovativ«, auch ein Griff nach den ältesten Kamellen in der Pralinenschachtel der Kulturgeschichte. So machte man auch »Macbeth« auf der Experimentierbühne der Royal Shakespeare: Ein Wahnsinnsspiel alternder Zirkusclowns, und den Schauspielern machte es Spaß, ihre Marotten gewissenlos auszuspielen. Dieser Spaß färbte auch auf die Rezensenten ab, und so wurde es ein Erfolg, auf den man gewissenlos spekuliert hatte, da er ein Scherzo clamottoso war. Das kam also an. Man wurde überheblich und setzte diese Masche wieder ein, und nun wurde sie als Stil bezeichnet.

Magnifizenz meinten, Gedankenlosigkeit sei so schwer nachzudenken, dass man sie lieber zu Kunst erkläre, und mit seinen besten Grüßen war Frau Hilde Spiel gekommen und fand es »hübsch«. Sie war eine Wiener Jüdin, die immer für irgendwelche gebrechlichen Greise sorgte, und hatte einen Gerechtigkeitstick, der ihr nach der Rückkehr viel Ärger einbrachte, denn Herr Torberg hielt sich für die inkarnierte Gerechtigkeit und hasste alle, die beispielsweise Brecht für einen Dichter hielten. Torberg war Österreichs hitzigster kalter Krieger und hatte sogar ein Aufführungsverbot gegen den toten Dichter durchgesetzt. Sein Geld schöpfte er vom Congress for Cultural Freedom, einer Organisation der CIA. Zusammen mit Arthur Koestler, der die Sommer immer in Alpbach verbrachte, war er eine stets penetrant-charmante Intrigenschleuder, denn immer ging es darum, jemand »auszukicken«. Anders als Koestler, der bei Gemeinheiten immer auf Leider machte, war Torberg da Connaisseur und maliziöser Genießer. Magnifizenz nannte ihn einen begnadeten Fußballspieler, der immer nur unterm Kaffeehaustisch treten könne. Man hatte von ihm eine wunderschöne Miniatur bekommen, weil man viele Texte abgetippt hatte, obwohl man doch so viel zu tun hatte.

Von London aus gesehen, schien das übrige Europa ruhig, fast schläfrig. Immer war man in der Mitte der Ereignisse – oder hielt man die für Mitte? –, immer war das gerade Erlebte von ominöser Wichtigkeit – oder war das stupider Narzissmus? –, und immer wieder hatte man Angst, dass die Gefühle, die man in diesen Strudel der Ereignisse investierte, schlechten Papieren gleich, im Hier und Jetzt verpulvert seien –, oder war das Verklemmung? Man beneidete Diogenes, der in der Legende zu Alexander so grandios rotzig sein durfte, und man wusste, dass man kein Asket war. Kynismos ist nicht nur, sondern braucht auch eine luxuriöse Basis. Einmal wurde man in den Athenaeum Club mitgenommen. Eine sehr geschmackvolle Pracht, wenn auch edel überkalkte Gründerzeit. Überall angeschraubte Messingplättchen, welcher denkwürdige Arsch darüber gesessen, ehrwürdige Atlanten, deren auf Karteikarten vermerkte Vordurchblätterer mit Tintenstift die Erde markiert hatten, ehrwürdige oder von ihrer kosmopolitischen Venerabilität überzeugte Erben, denen sogar aus den Augen Naphthalin strömte, deren Verfall durch gute und beste Schneider kaschiert wurde, Oberhausmitglieder, denen tatsächlich ein

Butler die Klamotten eintrug, denn nichts war so verächtlich wie neu – man bemühte sich redlich, ein garantiert reizfreies britisches Abendessen zu genießen, und der Tischnachbar zur Rechten schwärmte von der philosophischen Bedürfnislosigkeit der Antike wie von der tadellos gestärkten Serviette auf seinen Knien, und man sehnte sich weg. In einer Vitrine protzte ein steinhartes Stückchen Käse von Herrn Scott, der damit den Südpol auch nicht überlebt hatte. Heldenkäse.

Diese Welt mit ihren Parfümierungen und Attitüden war einem fremd, um nicht zu sagen widerlich. Die Upper Class hatte als Domestiken angefangen, und davon war etwas Degoutantes zurückgeblieben. Man wusste genetisch genau, wie sich Domestiken zu benehmen haben, und darauf legte man Wert. Auf sein eigenes Verhalten achtete man viel weniger, und das war deshalb pervers arrogant. »Good old boy« meinte, dass man sich schon in der Schule befingert hatte, und darauf beruhten die sozialen Bezüge. So war das schon von den Eltern vererbt, und über Erbschaftssteuer redeten schon die Jungen.

Die anderen Jungen wollten lieber ein kurzes, wildes Leben und arbeiteten hart dafür. Es war eine hektische Euphorie. Man redete von einem Tanz auf dem Vulkan, der aber war die Jugend, und die ließ nicht auf sich herumtanzen. Sie wollte explodieren und sich glühend über die Gesellschaft ergießen, alles niederbrennend, was gerade verhasst war. In Vietnam, hörte man bei BBC, setzten die Amis auch Napalm ein, und so was wollte man sein. Von einigen Exilungarn lernte man »Mollies«. Das durften keine simplen Benzinflaschen sein, sondern erforderten etwas Liebe: Die Flasche halbvoll mit Benzin, dann eine Handvoll Waschpulver hinein und zwei Handvoll Kiesel. Das musste man gut schütteln, und wenn die Sache dann explodierte, flogen die Kiesel wie Schrapnellkugeln durch die Gegend.

Ganz friedlich natürlich, denn man kämpfte für den Frieden. Das Vokabular dafür wurde penetrant martialisch, und auch die Aktionen waren militant, und als Symbol nutzte man die germanische Todesrune, ohne weiter nachzudenken. Wieder einmal war Wien die Stätte politischer Unschuld, und dabei war Peter Kreisky, der Sohn von Bruno, der mit seiner Parteijugend genauso viel Ärger hatte wie die bundesrepublikanischen Genossen mit dem SDS. Man war also zur Amibotschaft gezogen und hatte dort eine Amifahne verbrannt, weil man wusste, das könne ärgern. Das revolutionäre Häufchen wurde von Botschaftsleuten auch angesprochen und für ein paar Tage später zur Diskussion der anstehenden Fragen in die Botschaft geladen. Es gab Buffet von Demel, und nachdem man davon auch eingepackt hatte, gelobte man Reue und bekam eine schöne neue Amifahne. Als auch die vor dem Botschaftszaun verkokelt wurde, bekam man keine Einladung mehr. Vor der Londoner Botschaft hatte man dieses Spielchen auch schon öfter probiert.

Und dann kam auch Post von Österreichs höchster Instanz. Das Amtsgerichtsurteil wurde bestätigt, denn Großvater sei geistig nicht mehr in der Lage gewesen, seinen »krankhaften« Hass auf Mutter zu beherrschen und so weiter. Beiliegend eine gesalzene Rechnung des Anwalts, wörtlich, denn auf dem Papier war ein Fettfleck, und einige Salzkörnchen rieselten auch aus dem Couvert. Er hatte wohl gefrühstückt. Gemütliches Heimatland!

In Westdeutschland begannen die Studenten, ihr Denken um Vietnam herum zu gruppieren, um nach Che Guevaras Willen viele solche zu schaffen. Es ging um die Veränderung der Gesellschaft, die nun erstmals in der Geschichte radikal unternommen werden sollte, mit Hilfe von unendlich vielen Flugblättern, die auf meist wackligen Tischen in den Eingangsbereichen aller möglichen Institutionen auslagen. Ihre Sprache war immer sehr niedlich. Rektoratsbesetzungen, die jetzt Mode waren, hießen Besuche, und man wollte »eine Diskussion herbeiführen«, wenn es darum ging, dass irgendein älterer Prof. seine Verbrechen in der Nazizeit oder ein jüngerer seine total reaktionäre Gesinnung bekennen sollte. Das hatte man vom großen Vorsitzenden Mao gelernt, der damit die Kulturrevolution betrieben hatte. Dieselben Leute gingen natürlich auch in die Second-Hand-Läden, die gerade überall entstanden, und hatten sie sonstige Schwierigkeiten, lasen sie in einem Raubdruck von Wilhelm Reichs »Funktion des Orgasmus« nach. Die Welt schien behebbar, sofern man ihr nur die bürgerlichen Relikte aus den Ohren blies.

Die Haare ließ man einfach wachsen – »natürlich« war ein wichtiges Wort –, und da man die Löwen auch an ihren Mähnen erkannte, bekamen es die Friseure mit männlichen Dauerwellen zu tun. Man wollte bunt und schön sein, und in der Männerwelt waren das ja auch die Hähne. Alles diente der Balz, vor allem die Zeit. Man wollte schön sein, obwohl auch »schön« ein bürgerlicher Begriff war, und in Berlins Kommune 1 verbrachte Rainer Langhans jeden Tag drei Stunden vor dem Spiegel. Nur Fritz Teufel legte demonstrativ keinen Wert auf sein Aussehen, aber der war ja auch sympathisch.

Von London aus, glaubte man, lerne man Kontinentaleuropa besser kennen, doch es bestand aus Stippvisiten mit geschäftlichem Hintergrund: Sender Freies Berlin, Bayerischer Rundfunk, Herr Dr. Lindner beim ORF in Wien. Das gab genügend Gelegenheit, alte Bekannte zu sehen.

Und es geschah in Berlin. Man hatte nach dem SFB noch etwas Zeit, und da Kinderläden das Neueste waren, besorgte man sich eine Adresse und wollte darüber berichten. Der Taxifahrer, der einen in Kreuzberg absetzte, meinte, das seien alles Verrückte. »Antiautoritär passt gar nicht zu uns. Den Rangen gehören ein paar hinter die Löffel – das hat noch keinem geschadet, und wir sind auch anständige Leute geworden.«

Der Laden war tatsächlich ein ehemaliger, in dem nun der neue Mensch gemacht werden sollte. Im Ladenraum lagen viele Matratzen herum, und auf ihnen saßen einige Kinder herum und sahen verschreckt drein. Im Raum dahinter saßen auf Sperrmüllmöbeln die Eltern und betrieben Selbstfindung. Nein, das war nichts, worüber man berichten wollte. Leicht deprimiert wanderte man den langen Korridor nach hinten, und in der Küche stand ein dürres Stück Elend und spülte einen wahren Berg Geschirr. Irgendwann stellte man die Tasche mit dem Aufnahmegerät ab und ging ihm zur Hand, was ihn erstaunte. Dass man auf Spesen im Hilton wohnte, fand Jan-Carl spießig. »Kannste bei mir in der WG auf der Matratze pennen. Dann fühlste einmal das reale Berlin.« Man wollte nicht spießig sein. Nach zwei sympathischen Zigaretten und einem Berliner Bier war man in seiner Bude angelangt, die in besseren Zeiten wohl der Abstellraum gewesen war. »Ach ja«, sagte Jan-Carl, als er ins

Bad ging, »und schwul bin ich auch.« – »Damit wirst du leben müssen«, sagte man. Lange lag man misstrauisch neben Jan-Carl, der einen tiefsinnig in der Dunkelheit anguckte. Vorsichtig kam seine Hand angekrabbelt, und man wurde gestreichelt. Es war wunderbar. Was war man plötzlich – Mann oder Frau? Oder nichts davon, schwerelos geküßt und gestreichelt? Vielleicht doch Mann? Egal. Man war glücklich.

»Jetzt bist du also auch noch ein Warmer geworden«, sagte Gudrun, als man ihr davon erzählte.

Olga Flor

Kollateralschaden

Roman

208 Seiten. Paul Zsolnay Verlag 2008

Eine Stunde am frühen Abend in und um einen Supermarkt. Lichter, Autos, Menschen. Eine Allegorie des Alltäglichen. In ihrem neuen Roman stellt uns Olga Flor eine Reihe von Personen vor, die auf den ersten Blick nichts miteinander verbindet: die 29-jährige Doris etwa, die hier regelmäßig und fast immer kalorienbewusst einkauft; den Rentner Horst, ehedem im Stadtbauamt tätig und nun für die Pflege seiner krebskranken Frau zuständig; Anton, einen Obdachlosen ... Im Takt der Minuten beobachtet die Autorin das Treiben, dem keiner unbeschädigt entkommt. Man folgt den Gedanken und Handlungen dieser Menschen. Ihre Sehnsüchte und Schwächen kommen einem dabei ebenso nahe wie das unmittelbare Geschehen selbst, das in einem Überfall kulminiert. Ein packendes Stück Gegenwartsliteratur von analytischer Schärfe.

»Bereits mit ihrem Debüt ›Erlkönig‹ sowie mit dem klaustrophobischen Alpendrama ›Talschluss‹ hatte sich Olga Flor als Virtuosin des Ensemble- und Familiendramas erwiesen. Bei ihr verbindet sich der emotionslos sezierende Blick der Naturwissenschaftlerin mit dem Talent zur dramaturgisch breit angelegten Groteske. Hinzu kommt eine typisch österreichische Unerbittlichkeit, die durchaus an Thomas Bernhard oder Elfriede Jelinek erinnert.«

Katrin Hillgruber, *Frankfurter Rundschau*

»Eine Entdeckung: Eine großartige Parabel auf das geordnete und manipulierte, überaus leicht störbare und vollkommen überforderte Leben, das wir führen, auf unsere Ängste und Träume ... Ein glänzendes Stück Literatur.« Martin Ebel, *Tages-Anzeiger*